COLEÇÃO
PENSADORES & EDUCAÇÃO

Boaventura & a Educação

Inês Barbosa de Oliveira

Boaventura & a Educação

2ª edição

autêntica

COPYRIGHT © 2006 BY INÊS BARBOSA DE OLIVEIRA

COORDENADOR DA COLEÇÃO
Alfredo Veiga-Neto

REVISÃO
Dila Bragança

EDITORAÇÃO ELETRÔNICA
Waldênia Alvarenga Santos Ataíde

Todos os direitos reservados pela Autêntica Editora. Nenhuma parte desta publicação poderá ser reproduzida, seja por meios mecânicos, eletrônicos, seja via cópia xerográfica, sem a autorização prévia da editora.

BELO HORIZONTE
Rua Aimorés, 981, 8º andar . Funcionários
30140-071 . Belo Horizonte . MG
Tel: (55 31) 3222 68 19
TELEVENDAS: 0800 283 13 22
www.autenticaeditora.com.br
e-mail: autentica@autenticaeditora.com.br

O48b	Oliveira, Inês Barbosa de Boaventura & a Educação / Inês Barbosa de Oliveira. – 2. ed. – Belo Horizonte : Autêntica , 2008. 144 p. —(Pensadores & a educação, 8) ISBN 978-85-7526-193-4 1.Educação. I.Santos, Boaventura de Sousa. I.Título. II.Série. CDU 37

Ficha catalográfica elaborada por Rinaldo de Moura Faria – CRB6-1006

Assinar um livro pressupõe um trabalho solitário de produção e difunde a idéia de que se está diante de uma criação individual. A autora ou autor sabe, como muitas outras pessoas, que essa idéia é uma ilusão, por isso quase sempre os livros trazem agradecimentos aos tantos e tantas que, sem o terem digitado letra a letra, participaram de sua escrita, tornando-o possível. No caso deste, em primeiro lugar, devo agradecer a Boaventura, que tanta vontade me deu de fazer este livro, por tudo que é e pensa. Paulo Sgarbi, amigoirmãocolega (tudo junto como ele gosta) e meu professor de português, é sempre indispensável. Alê, Aldo e membros do grupo de pesquisa, partícipes de discussões com comentários e dúvidas, enriqueceram a reflexão e o texto. Bons ouvidos e boa companhia nas horas de pane de inspiração e insegurança também são fundamentais: minhas irmãs, filha e filhos nunca faltaram nessas horas. Finalmente, e sem o consentimento do destinatário, o último agradecimento é para alguém que muito me incentiva, acreditando no meu trabalho e sendo infinitamente paciente com a minha ansiedade. Dirimindo dúvidas, solucionando pequenos imprevistos e se fazendo presente no cotidiano, foi fundamental na produção deste livro.

Obrigada a todas e todos.

SUMÁRIO

Introdução 9

CAPÍTULO I - **A crise do paradigma da modernidade e a ciência pós-moderna** 17
Da Ciência ao conhecimento prudente 18
As condições teóricas da crise 20
As condições sociológicas da crise 23
Pensando o paradigma emergente 26
Todo conhecimento científico-natural é científico-social – 1ª tese 27
Todo conhecimento é local e total – 2ª tese 29
Todo conhecimento é auto-conhecimento – 3ª tese 31
Todo conhecimento visa constituir-se em senso comum – 4ª tese 34
A ciência pós-moderna e a segunda ruptura epistemológica 36
Condições teóricas e sociais da dupla ruptura epistemológica 42
Do progresso à vida decente
O conflito regulação/emancipação na contemporaneidade 46
Subjetividade, cidadania e emancipação no paradigma pós-moderno 57

CAPÍTULO II - **A Sociologia das ausências e a sociologia das emergências** 65
A crítica da razão metonímica e a sociologia das ausências 68

A arqueologia das existências invisíveis na educação e na pesquisa	83
A crítica da razão proléptica e a sociologia das emergências	85
A idéia da tradução: fundamentos, condições, procedimentos e motivações	92

Capítulo III - **Educação, formação de subjetividades democráticas e democracia social** *101*

Os aspectos centrais da experiência pedagógica	104
A aplicação técnica e a aplicação edificante da ciência	106
Conhecimento-como-regulação e conhecimento-como-emancipação	109
Imperialismo cultural e multiculturalismo	114
Das subjetividades inconformistas às subjetividades democráticas	117
As redes de sujeitos e os espaços estruturais de inserção social	119
Mapa de estrutura-acção das sociedades capitalistas no sistema mundial	121
Redes de subjetividades democráticas tecendo a democracia	125
Processos de aprendizagem e a tessitura da emancipação social	128

Sobre Boaventura de Sousa Santoss *133*
Cronologia *133*
Obras mais relevantes em língua portuguesa *135*

Sites **de interesse** *139*

A autora *141*

Introdução

> *O reencantamento do mundo pressupõe a inserção criativa da novidade utópica naquilo que nos é mais próximo.*
>
> (Santos, 1995, p. 106)

O pensamento de Boaventura[1] de Sousa Santos aborda as mais diversas temáticas e discute problemas relacionados às teorias e às práticas sociais nos mais diferentes campos do conhecimento. A amplitude da obra, a sua qualidade incontestável e a sua diversidade permitem pensar em possibilidades múltiplas de escrever sobre ela e seu autor também em diferentes campos. Para o que interessa a essa coleção – a relação entre os pensadores, seus pensamentos e a educação – buscarei abordar, nos capítulos deste livro, os mais relevantes aspectos desse pensamento, do ponto de vista das possibilidades de apropriação pelo campo da educação.

O objetivo tanto do desenvolvimento do pensamento em si feito por Boaventura, quanto das leituras possíveis de seus escritos é pensar uma possível trajetória epistemológica e política em busca de "um conhecimento prudente para uma vida decente", tecida através da redefinição da

---

[1] Boaventura de Sousa Santos é o nome completo do autor, o que indicaria a necessidade de referi-lo como Santos. Porém, não só pela inequivocidade do seu primeiro nome como também pela sua beleza e pela sua beleza e facilidade de reconhecimento, optei por me referir a ele sempre como Boaventura.

relação entre o possível e o desejável, da equação entre igualdade e diferença, da construção de relações culturais mais horizontalizadas, estabelecidas numa perspectiva de revalorização de culturas, de modos de pensar e de estar no mundo tornados invisíveis, subalternos ou errados pelo cientificismo moderno e seu ideário, em busca da ocidentalização do mundo. Finalmente, será necessário discutir o próprio entendimento do que sejam e do que podem ser a democracia e a emancipação segundo Boaventura Santos, o que será feito pelo estudo de seus escritos sobre o tema da democracia.

Recuperar a indissociabilidade entre reflexão epistemológica e política, proposta por Boaventura, buscando pensar sua utilidade possível para a reflexão sobre a educação é um dos objetivos desse livro. Assim sendo, será desenvolvida uma reflexão que visa a considerar o potencial de transformação social inscrito nas práticas sociais em geral, na medida em que é possível (e necessário) voltar a reflexão sócio-político-epistemológica para a construção de um futuro que seja mais do que uma repetição infinita do presente. Depois a reflexão se volta para a especificidade das práticas educativas. Assim, no capítulo 1, mesmo sabendo da arbitrariedade que habita qualquer datação de um qualquer suposto ato inaugural, e por razões de ordem prática e operacional, apresento, inicialmente, a obra *Um discurso sobre as ciências*, considerando-a a primeira abordagem clara do que veio a se tornar o pensamento que hoje procuro trazer. Penso que este primeiro livro de fato levanta questões que vão perpassar quase toda a obra posterior do autor, no que ela tem de interesse para a reflexão sociológica contemporânea e, dentro dessa, para se pensar a educação, tanto na sua dimensão teórico-epistemológica quanto na discussão político-ideológica que a integra e se integra na definição dos fazeres educativos, dentro e fora da escola. Assim, na primeira parte do primeiro capítulo, apresento a discussão epistemológica e o processo de construção de uma nova epistemologia (pós-moderna?) que permita à sociedade superar o cientificismo que a impregna crescentemente ao longo de seu processo de "modernização".

Quanto ao conhecimento em si, seus processos de criação e validação, Boaventura, já nessa obra, parte da idéia de que todo conhecimento é social e relacionado a uma forma específica de ignorância. Desenvolve aí e posteriormente as noções de conhecimento-regulação e de conhecimento-emancipação. O conhecimento-regulação seria aquele que considera o caos como ignorância e a ordem como conhecimento. Nesse caso, o processo de conhecer seria aquele que leva do caos à ordem. O conhecimento-emancipação seria aquele que, procurando superar a ignorância representada pelo colonialismo, busca a solidariedade. Por outro lado, convencido de que há muitas formas de conhecimento negligenciadas pela modernidade cientificista e da necessidade de revalorizá-las, Boaventura desenvolve um debate em torno do tema. O último texto do autor sobre isso (Santos; Menezes e Nunes, 2005, p. 21-122) apresenta sete *teses sobre a diversidade epistemológica do mundo*. Embora não sejam explicitamente abordadas neste livro, creio ser fundamental registrar sua existência e incentivar o leitor a descobri-las, ressaltando os vínculos que evidenciam as relações entre o social e o epistemológico.

Mesmo sem entrar em detalhes, pode-se perceber nessas formulações um potencial para pensar os conteúdos escolares e suas formas de organização de modo bastante diferenciado daquele que vem predominando historicamente; daí a importância de pensar a questão do conhecimento, seus processos de criação e transmissão para além da esfera reduzida da racionalidade cognitivo-instrumental e da ciência moderna. Ainda com relação à questão epistemológica, será importante tratar das diferentes formas de conhecer existentes no mundo, e banidas pela crença de que o saber científico é o único válido, mas que vão aparecer como relevantes para os debates em torno dos saberes que integram as concepções e as práticas da educação formal.

Em seguida, a discussão se dá em torno das dimensões explicitamente políticas da obra do autor, que se volta para a construção social da democracia e da emancipação, para o que pode ser pensado e idealizado em torno da questão, tanto quanto suas possibilidades concretas, vinculadas às práticas emancipatórias existentes na contemporaneidade e seus potenciais de ampliação e multiplicação. Mais uma vez, as concepções e as práticas educativas e escolares aparecem como particularmente relevantes, na medida em que se pode entender que a escola é um espaço privilegiado de interação social; por isso mesmo, carrega possibilidades de contribuição emancipatória.

De modo mais geral, quando desenvolve sua discussão sobre o binômio regulação/emancipação, em cujo equilíbrio repousava o projeto da modernidade, Boaventura nos permite refletir sobre a existência de práticas emancipatórias no seio de estruturas regulatórias e gera idéias importantes sobre as diferentes concepções de conhecimento, que ou nos permitem pensar de modo emancipatório ou nos mantêm aprisionados em pensamentos e ações de caráter regulatório. Assim, o que ele defende anuncia a idéia de que, em que pesem as normas de regulação previstas e impostas no e pelo modelo social, para além dela as práticas sociais desenvolvidas nos diferentes espaços interativos incluem dimensões emancipatórias exatamente porque escolhas são possíveis, mesmo que inscritas nos limites dados pelas raízes (no que se refere aos limites internos dos sujeitos) ou pelas normas de interação social (no que tange aos limites impostos pela estrutura social).

A visibilidade possível de práticas sociais diferentes das dominantes, bem como o investimento no reconhecimento e no potencial de multiplicação que elas comportam levam Boaventura a desenvolver as idéias de sociologia das ausências e sociologia das emergências. A primeira estaria voltada para a superação das não-existências produzidas pela modernidade em virtude de suas lógicas monolíticas, tornando-as crescentemente visíveis através de determinados procedimentos. Ou seja, é uma sociologia voltada para a multiplicação das realidades já existentes, dando-lhes visibilidade; desse modo, é uma sociologia que amplia o presente. Já a sociologia das emergências pretende encolher o futuro, desidealizando-o através do reconhecimento de que o potencial efetivo de futuro se inscreve nas práticas reais do presente. Reconhece que, sem previsibilidade ou linearidade, o futuro só poderá ser a realização de algo para o qual a sociedade tem potencial no presente. Muitos outros textos desenvolvidos anteriormente por Boaventura são referidos no capítulo 2, na tentativa de evidenciar a coerência do pensamento e os vínculos entre temas e abordagens aparentemente autônomas.

A questão da formação das identidades sociais e individuais está discutida no último capítulo. A partir da explicitação do pensamento do autor a respeito dos espaços estruturais da sociedade que, segundo ele próprio, pretende superar as lacunas deixadas pela idéia de sociedade civil e do que ela permite de reducionismos no estudo das questões sociais reais, a formação das subjetividades individuais e coletivas é discutida. Nesse sentido, Boaventura defende a idéia de que cada um de nós é uma rede de sujeitos gerada pelo enredamento das diferentes formas de inserção social que vivemos nos diferentes espaços estruturais, e que esses nos constituem.

No que se refere à educação, a apresentação é feita com base em algumas discussões desenvolvidas pelo próprio Boaventura, como a idéia da formação das subjetividades inconformistas e rebeldes para a ação transformadora e a da formação das subjetividades democráticas como elemento determinante das possibilidades de democratização da sociedade. Essa discussão integra o último capítulo deste livro. Nele, apresento, ainda, alguns elementos do que o autor chama de projeto educativo emancipatório para, a partir desse conjunto de reflexões, apresentar de modo mais detalhado, as possibilidades de uso desse pensamento para a concretização de um pensar a educação que se relacione com as possibilidades do fazer uma educação mais emancipatória. Ou seja, busco trazer contribuições que possam responder questões e problemas da vida cotidiana de educadores e educandos, e contribuam para superar a fragmentação entre saber e fazer, que preside a atual organização da escola enquanto instituição.

No processo de construção do capítulo, lanço mão das noções de redes de conhecimentos e de conhecimento em rede, acreditando que elas ajudam a dialogar com a idéia de redes de sujeitos, tecida em função dos nossos diferentes modos de inserção nos espaços estruturais da sociedade (o espaço doméstico, o da comunidade, o do mercado, o da produção, o da cidadania e o mundial). Identificando esses espaços e formas de inserção como enredados uns aos outros, Boaventura vai semear a idéia de que os processos sociais de aprendizagem não podem ser resumidos à formalidade das práticas educativas escolares, na medida em que tecemos nossas identidades individuais e sociais a partir das redes formadas por aquilo que aprendemos em todas as instâncias da vida social, de modo dinâmico e permanente, sempre condicionados pelas "raízes". Ainda relacionando tessitura de identidades com processos educativos, Boaventura vai apontar que, apesar das raízes às quais estamos vinculados, temos "opções"; podemos escolher. E investir nesse potencial de escolha é tarefa da educação.

Em resumo, essa é a discussão que integra os diferentes capítulos deste livro. Necessário se faz alertar que a trajetória aqui narrada é uma das muitas leituras possíveis a respeito do trabalho intelectual que vem dando origem ao que hoje pode ser considerado, apesar dos seus 63 anos apenas, o já legado de Boaventura para o pensamento sociológico do final do século XX e início do XXI, mesmo que saibamos que muito ele ainda desenvolverá nos próximos anos. Espero que os leitores também se sintam mobilizados pelo pensamento do autor. Vale dizer que as leituras que faço e a forma como me aproprio da obra de Boaventura são pessoais e intransferíveis; com isso, quero, além de isentar o autor de responsabilidade por qualquer idéia aqui explicitada, reafirmar, mais do que o direito, o compromisso de cada leitor com as suas próprias crenças e utilizações da obra, acreditando, entretanto, que estou contribuindo para a difusão de um pensamento que vem me encantando e à minha vida acadêmica nos últimos dez anos, me ajudando a pensar e investir nas possibilidades emancipatórias da ação educativa, pela *inserção criativa da novidade utópica naquilo que me é mais próximo.*

|CAPÍTULO I

A CRISE DO PARADIGMA DA MODERNIDADE E A CIÊNCIA PÓS-MODERNA

Versão ampliada da conferência de abertura solene do ano letivo 1985/1986 da Universidade de Coimbra, a *Oração da sapiência*, o livro "Um Discurso sobre as ciências", cuja 1ª edição data de 1987, discute a *situação presente das ciências no seu conjunto* (p. 5) assumindo o caráter dramático dos seus progressos nos trinta anos anteriores (1955/1985). Considerando o período vivenciado *há quinze anos do final do século* como um período de transição, por isso difícil de percorrer e de entender, Boaventura aponta a necessidade de voltar às coisas simples. Identificando uma perplexidade na vida contemporânea, derivada da perda de confiança epistemológica no potencial da ciência na resolução dos problemas da humanidade, Boaventura indica a necessidade de a sociedade voltar a perguntar (como Rousseau, 200 anos antes) que relações existem entre ciência e virtude (se é que elas existem) e que valor atribuímos ao *conhecimento dito ordinário ou vulgar que nós, sujeitos individuais ou colectivos, criamos para dar sentido às nossas práticas e que a ciência teima em considerar irrelevante, ilusório e falso*[1] (p. 6). Pergunta-se, ainda, qual seria o papel de todo esse conhecimento científico acumulado no enriquecimento ou no empobrecimento prático de nossas vidas.

---

[1] As diferenças de grafia da língua portuguesa em Portugal e no Brasil, portanto, entre o texto por mim redigido e os textos de Boaventura levaram-me a optar por manter a grafia original do autor nas citações, mas redigir todo o meu texto de comentários e discussões de passagens do autor ou não, usando as normas vigentes no Brasil.

Da Ciência ao conhecimento prudente

Para responder a essas questões, Boaventura assume cinco hipóteses de trabalho: a primeira, que supõe que não faz mais sentido distinguir as ciências naturais das ciências sociais; a segunda, que pressupõe que a síntese entre elas deve ter as ciências sociais como pólo catalisador; a terceira é que, para fazer isso, as ciências sociais terão que recusar todas as formas de positivismo lógico ou empírico, ou de mecanicismo materialista ou idealista; a quarta aponta a síntese não como uma ciência unificada nem como uma teoria geral, mas como um conjunto de galerias temáticas; a quinta supõe que, à medida que essa síntese for se desenvolvendo, tenderá a desaparecer a distinção hierárquica entre conhecimento científico e conhecimento vulgar, e *a prática será o fazer e o dizer da filosofia da prática* (p. 10).

No desenvolvimento de suas hipóteses, Boaventura faz inicialmente uma crítica ao modelo de racionalidade que preside a ciência moderna e que se tornou, ao longo da história, um modelo global de racionalidade científica que se distingue e se defende tanto do senso comum como das humanidades. Aponta esse modelo como totalitário, ao negar a racionalidade de outros modos de conhecer e assumir-se como a única forma de conhecimento verdadeiro caracterizando-se como uma nova visão de mundo e da vida, que desconfia sistematicamente das evidências da experiência imediata que, estando na base do conhecimento vulgar, passam a ser tidas como ilusórias. Assim, criam-se duas distinções fundamentais: entre conhecimento científico e conhecimento do senso comum; entre natureza e pessoa humana.

A natureza passa a ser entendida como passiva, eterna e reversível, presidida por mecanismos desmontáveis e reconstituíveis sob a forma de leis, o que permite aos homens conhecê-la para dominá-la e controlá-la, permitindo ao ser humano tornar-se senhor e possuidor da natureza, como afirma Bacon. Boaventura chama a atenção, ainda, para a idéia do mesmo autor, de que *a senda que conduz o homem ao poder e a que conduz à ciência estão muito próximas, sendo quase a mesma* (nota p. 13), idéia fundamental para a crítica e as propostas que ele desenvolve ao longo dos anos seguintes. É ainda Bacon quem aponta que a experiência ordenada permite acessar a certeza de que a razão entregue a si mesma não é capaz.

O uso da Matemática, a partir de Galileu e Newton, como instrumento privilegiado de análise e fundamento da lógica investigativa da ciência moderna, traz duas conseqüências principais: em primeiro lugar, a idéia de que conhecer significa quantificar e que, portanto o que não é quantificável é cientificamente irrelevante. Em segundo lugar, o método científico assenta na redução da complexidade na medida em que entende que *conhecer significa dividir e classificar para depois poder determinar relações sistemáticas entre o que se separou* (p. 15). Ou seja, diz Boaventura, *é um conhecimento causal que aspira à formulação de leis, à luz de regularidades observadas, com vista a prever o comportamento futuro dos fenómenos* (p. 16), através do isolamento das condições iniciais relevantes e acreditando no pressuposto de que o resultado se produzirá independentemente do lugar e do tempo em que se realizarem as condições iniciais. Ou seja, a ciência moderna vai se desenvolver através de um entendimento determinista e mecanicista do mundo físico, o que, sabemos, depois foi estendido ao mundo social, a partir do positivismo oitocentista, mesmo que outras tendências tenham se manifestado no sentido da constituição de um estatuto epistemológico e metodológico próprio.

Esse modelo de ciência, ainda dominante nos dias de hoje, é criticado por Boaventura ao longo do seu "discurso", que aponta uma crise, que ele considera irreversível, desse paradigma fundado na racionalidade científica moderna no momento atual, segundo ele, um momento de revolução científica e que os sinais que a crise e a revolução trazem servem apenas para especular sobre o que poderá vir a ser o novo paradigma. Quanto às razões da crise, Boaventura identifica uma pluralidade de condições e faz distinção entre as sociais e as teóricas.

As condições teóricas da crise

São 4 condições teóricas cujo interesse para a discussão a ser desenvolvida neste livro relaciona-se à concepção moderna de conhecimento e, portanto à própria estruturação curricular predominante nas escolas nela inspirada. Em primeiro lugar, identifica no próprio aprofundamento do conhecimento científico a origem da percepção da fragilidade de seus pilares fundadores. Reconhece o pensamento de Einstein como o 1º 'rombo' no paradigma da modernidade, rombo não reconhecido pelo físico. O pensamento de Einstein suprime do universo das verdades científicas o espaço e o tempo absolutos de Newton ao considerar o caráter local das medições e, portanto do rigor científico de seus resultados, ou seja, das leis formuladas a partir da leitura e da explicação dos resultados das medições. É nessa esteira que surge a Mecânica Quântica e o 2º problema teórico que se coloca ao pensamento científico da modernidade. Nas palavras do próprio Boaventura:

> Heisenberg e Bohr demonstram que não é possível observar ou medir um objeto sem interferir nele, sem o alterar, e a tal ponto que o objeto que sai de um processo de medição não é o mesmo que lá entrou. [Essa demonstração traz consigo] a idéia de que não conhecemos do real senão o que nele introduzimos, [...] bem expressa no princípio da incerteza de Heisenberg: não se podem reduzir simultaneamente os erros de medição da velocidade e da posição das partículas; o que for feito para reduzir o erro de uma das medições aumenta o erro da outra. (p. 25-26).

Existe, portanto, uma interferência estrutural do sujeito no objeto observado, e as conseqüências dessa constatação são importantes para o debate em torno dos processos de produção do conhecimento. De imediato, três são as idéias que emergem do princípio heisenberguiano. Em primeiro lugar, se o rigor do conhecimento é estruturalmente limitado, os resultados a que se pode chegar serão sempre aproximados, levando à conclusão de que as leis da Física são apenas probabilísticas. Em segundo lugar, devido ao fato de que a totalidade do real não se reduz à soma das partes em que ela foi dividida para ser observada e medida, a hipótese do determinismo mecanicista é inviabilizada. Finalmente, aprende-se que a distinção sujeito/objeto é muito mais complexa do que parecia à primeira vista.

As conseqüências desses questionamentos são muitas e, para o debate em torno das possibilidades do aproveitamento da obra de Boaventura Santos para a educação, especialmente importantes serão essas três idéias, na medida em que permitem recolocar em debate os modos de pesquisar a escola e produzir conhecimentos sobre as práticas e saberes que lhe são específicos. A substituição da idéia de lei universalmente válida pela idéia da probabilidade de que o campo pesquisado seja do modo como parece permite conceber possibilidades de práticas para além daquilo que os modelos fechados podem explicar e considerar. A idéia de que a realidade é mais do que a soma das partes em que foi/é dividida para fins analíticos implica a consideração não só dos elementos perceptíveis e organizáveis para se pensar o real, mas também das relações e das interações entre eles. Ou seja, existem interações entre as diferentes dimensões do real que não são redutíveis às suas partes. Fragmentar o real e tentar entendê-lo mediante a compreensão de suas partes é, portanto, procedimento impróprio para captar a complexidade da realidade social e, portanto escolar. Finalmente, a impossibilidade da cisão absoluta entre sujeito e objeto põe em questão a própria idéia do pesquisador/observador neutro da realidade e o coloca dentro daquilo que pesquisa, voluntariamente ou não, impossibilitado, portanto, de tecer conhecimentos totalmente neutros e objetivos a serem validados em virtude dessas supostas características.

O terceiro problema relaciona-se com o veículo formal de expressão das medições, ou seja, remete em questão o rigor da própria Matemática. Boaventura defende a idéia de que o teorema da incompletude e os teoremas sobre a impossibilidade mostram que, *mesmo seguindo à risca as regras da lógica dentro da própria matemática, é possível formular proposições indecidíveis, que não se podem demonstrar nem refutar.* (p. 26-27). Ou seja, o próprio rigor matemático carece de fundamentos e, tal como qualquer outra forma de rigor, assenta num critério de seletividade, conforme afirmam os filósofos da Matemática contemporâneos.

A quarta condição teórica da crise é constituída pelos avanços científicos recentes. É possivelmente a mais importante delas, visto que os diferentes avanços vêm solapando das mais diversas formas e nos mais variados campos a credibilidade e a legitimidade do cientificismo moderno. Particularmente relevante é o trabalho de Ilya Prigogine, segundo o qual, em sistemas abertos, que funcionam nas margens da estabilidade, a evolução se explica por flutuações de energia, que, em momentos nunca inteiramente imprevisíveis, desencadeiam reações, por via de mecanismos não-lineares, que transformam irreversivelmente o sistema anterior através de uma lógica de auto-organização. Assim, essa irreversibilidade indica que os sistemas abertos são produto de sua história.

A própria apresentação que Boaventura faz do pensamento científico prigoginiano já aponta algumas de suas potencialidades para questionar a aplicação do modelo de ciência newtoniano aos estudos da sociedade. A imprevisibilidade do comportamento do sistema, os mecanismos não-lineares que presidem sua transformação e a irreversibilidade desta última serão três fortes argumentos em prol da formação de um novo paradigma científico, menos cientificista e mais adequado aos estudos das realidades sociais, inclusive as educativas e as escolares. Mas não é só isso. O próprio Boaventura aponta outros desdobramentos:

> Em vez da eternidade, a história; em vez do determinismo, a imprevisibilidade; em vez do mecanicismo, a interpenetração, a espontaneidade e a auto-organização; em

vez da reversibilidade, a irreversibilidade e a evolução; em vez da ordem, a desordem; em vez da necessidade, a criatividade e o acidente.

Finalizando a discussão em torno das condições teóricas da crise da modernidade cientificista, Boaventura lembra que a importância maior da teoria prigoginiana é o fato de não ser um fenômeno isolado; faz parte de um movimento que atravessa várias ciências da natureza e até as ciências que ele identifica como um movimento de vocação transdisciplinar, que vem provocando profundas reflexões epistemológicas e apresenta também duas facetas sociológicas importantes. Impossível não chamar atenção para a identificação, na própria reflexão científica, dessa idéia, que vem sendo crescentemente incorporada ao ideário pedagógico contemporâneo. Aprendemos com Boaventura que isso não é um acaso, mas se relaciona a essa série de avanços e reflexões científicas que vêm se desenvolvendo na contemporaneidade.

As condições sociológicas da crise

Quanto às dimensões sociológicas do debate epistemológico, a primeira diz respeito ao fato de que essas reflexões epistemológicas surgem dos próprios cientistas, que teriam desenvolvido[2] competência e interesse filosófico, tornando-se o que o autor chama de "cientistas-filósofos". Superando a aversão positivista à reflexão filosófica que caracterizou o fim do século XIX, o final do século XX expressa o

> desejo quase desesperado de complementarmos o conhecimento das coisas com o conhecimento do conhecimento das coisas, isto é, com o conhecimento de nós próprios. A segunda faceta dessa reflexão é que ela abrange questões que antes eram deixadas aos sociólogos. A análise das condições sociais, dos contextos culturais, dos modelos organizacionais da investigação científica, antes acantonada

---

[2] Boaventura usa o termo adquirido, mas prefiro sempre a idéia de desenvolvimento à de aquisição.

no campo separado e estanque da sociologia da ciência, passou a ocupar papel de relevo na reflexão epistemológica (p. 30).

Quanto ao conteúdo da reflexão epistemológica, Boaventura destaca alguns temas que considera principais, como o questionamento do conceito de lei e do de causalidade que lhe está associado. O questionamento se funda na impossibilidade reconhecida de separar de modo perfeito e inequívoco as condições iniciais que dão origem aos fenômenos. Daí, todo conhecimento é imperfeito, e as leis passam a ser reconhecidas como probabilísticas, aproximativas e provisórias. Reconhece-se, também, o fato de que a sua simplicidade deriva de uma simplificação arbitrária da realidade. Nesse sentido e sobretudo no campo da Biologia, a noção de lei vem sendo substituída pelas noções de sistema, de estrutura, de modelo e, por último, pela de processo. Vale remarcar, nessa abordagem, a mudança de terminologia no texto de Boaventura que, tendo começado a se referir ao conceito de lei, termina por referi-lo como noção, introduzindo, portanto, mais leveza e maleabilidade na própria idéia. O questionamento da idéia de causalidade ocorre simultaneamente e de modo associado ao do conceito/noção de lei. Sendo uma forma de determinismo, a causalidade *adequa-se bem a uma ciência que visa intervir no real e que mede seu êxito pelo âmbito dessa intervenção. Afinal, causa é tudo aquilo sobre o que se pode agir* (p. 31).

O segundo tema da reflexão epistemológica que Boaventura destaca diz respeito ao conteúdo do conhecimento científico, que, por ser um conhecimento mínimo, que fecha as portas a muitos outros saberes sobre o mundo, *é um conhecimento desencantado e triste que transforma a natureza num autômato* (p. 32). O aviltamento da natureza, segundo Boaventura, torna-se um aviltamento do próprio cientista, ao reduzir o diálogo experimental ao exercício prepotente de poder sobre a natureza. No desdobramento de sua argumentação, Boaventura traz à cena uma idéia fundamental, que vai se fazer presente em muito da sua obra posterior e que porta em si muitos desdobramentos para o pensamento e a pesquisa no campo da educação. Daí a necessidade da longa citação:

> O rigor científico, porque fundado no rigor matemático, é um rigor que quantifica e que, ao quantificar, desqualifica, um rigor que, ao objectivar os fenômenos, os objectualiza e os degrada, que, ao caracterizar os fenômenos, os caricaturiza. É, em suma e finalmente, uma forma de rigor que, ao afirmar a personalidade do cientista, destrói a personalidade da natureza. Nesses termos, o conhecimento ganha em rigor o que perde em riqueza e a retumbância dos êxitos da intervenção tecnológica esconde os limites da nossa compreensão do mundo e reprime a pergunta pelo valor humano do afã científico assim concebido. (p. 32-33)

Se esse questionamento dirigido às ciências naturais já é significativo e exige que se repensem as relações entre sujeito e objeto, quando remetemos o discurso às ciências sociais, teremos que esse modo de tecer conhecimento, desqualifica, caricaturiza, torna estúpida (ou automática) e destrói a "personalidade" da prática social investigada. Ou seja, ao conceder todo o poder ao investigador, considerando seu campo de ação como objeto apenas, o rigor científico de inspiração matemática e quantitativa retira das práticas sociais toda a sua riqueza e politicidade, visto ser impossível quantificar a intencionalidade política. Penso ser desnecessário explicar os motivos por que essa idéia de Boaventura traz tantas questões e abre tantas possibilidades para a reflexão sobre a educação.

Mais do que isso, considerando não-superáveis os limites qualitativos intrínsecos a esse tipo de conhecimento, portanto por maiores quantidades de investigação nem por maior precisão dos instrumentos de medida, compreende-se que a própria precisão quantitativa do conhecimento é estruturalmente limitada por diversas razões.

A crescente fragmentação dos conhecimentos e das ciências derivada do desenvolvimento das especialidades, traz consigo um paradoxo, na medida em que evidencia a irredutibilidade das totalidades às suas partes e, portanto o caráter precário dos conhecimentos obtidos através da observação destas últimas. Ou seja, as fronteiras entre os objetos, antes bem delimitadas, vão se tornando gradativamente menos definidas e vão dando lugar à idéia de que estes se entrecruzam em teias complexas que, em alguns casos, tornam as relações entre os objetos mais importantes do que os objetos em si.

Ainda nessa parte do livro, Boaventura aponta rapidamente algumas condições sociais da crise do paradigma da ciência moderna. O primeiro problema associa-se à perda progressiva da capacidade de auto-regulação na medida do avanço do rigor científico. O fenômeno global da industrialização da ciência fez cair por terra a idéia da autonomia da ciência e do desinteresse do conhecimento científico, na medida em que acarretou o compromisso da ciência com centros de poder econômico, social e político.

Essa industrialização provocou, ainda, dois efeitos. Por um lado, a comunidade científica estratificou-se, as relações de poder entre cientistas tornaram-se mais autoritárias e desiguais, gerando a proletarização de muitos no interior dos laboratórios e centros de pesquisa. Por outro lado, o acesso ao grande capital e aos equipamentos que ele permite comprar aprofundou o fosso dos diferentes níveis de desenvolvimento tecnológico entre os países centrais e os países periféricos.

Pensando o paradigma emergente

Esclarecidos os princípios do paradigma dominante e as dimensões consideradas mais relevantes de sua crise, Boaventura vai dedicar a segunda parte do livro/conferência à tentativa de definir a configuração do paradigma emergente, que, como ele mesmo afirma no início da obra, só pode ser obtida por via especulativa. A importância de anunciar as 4 teses do autor, que anunciam as principais características que ele identifica no paradigma emergente desde já, reside no fato de que os argumentos a respeito de cada uma delas, bem como seus desdobramentos e ampliações fazem parte do que de mais importante Boaventura produziu nos últimos 18 anos e será abordado nos outros capítulos deste livro, visto que constituem importantes reflexões para o pensamento sobre a educação, suas possibilidades, seus limites e seus objetivos.

Primeiro, Boaventura esclarece que o novo paradigma não pode ser apenas científico, na medida em que emergirá no contexto de uma sociedade revolucionada pela ciência. Portanto, precisará ser também um paradigma social, que ele chama, até hoje, do paradigma de *um conhecimento prudente para uma vida decente*. Apresento a seguir as teses a respeito do novo paradigma presentes nessa primeira obra.

Todo conhecimento científico-natural é científico-social – 1ª tese

Boaventura entende que a distinção dicotômica entre ciências naturais e ciências sociais deixou de ter sentido e utilidade, e a superação dela tende a tornar o conhecimento do paradigma emergente não-dualista, fundado na superação das distinções entre natureza e cultura, natural e artificial, vivo e inanimado, mente e matéria, observador e observado, subjetivo e objetivo, coletivo e individual, animal e pessoa. A questão que resta é saber o sentido e o conteúdo dessa superação, e quais ciências seriam preponderantes na determinação dos seus parâmetros, por exemplo.

Ao contrário do que dizem alguns críticos do pensamento dito pós-moderno[3], Boaventura entende que crescentemente

---

[3] Destaque – não pela sua qualidade intrínseca, mas pelo debate que suscitou – para a obra de Alan Sokal, *Imposturas intelectuais* (Record, 1999), na qual o autor acusa pensadores "pós-modernos" vinculados à Filosofia e às ciências sociais de se apropriarem equivocadamente, e sem o devido conhecimento, de conceitos e referências das ciências naturais. Cabe, ainda, ressaltar que a própria idéia de um pensamento pós-moderno único, juntando as tão diferentes reflexões que têm sido enquadradas sob essa adjetivação, evidencia uma dificuldade tipicamente moderna com a diversidade e a pluralidade de pensamentos e entendimentos do mundo físico e social.

as ciências naturais vêm se apropriando dos conceitos e dos modelos explicativos das ciências sociais, o que permite supor que a superação da dicotomia se daria sob a égide das últimas. No entanto, isso não basta para caracterizar o modelo de conhecimento no paradigma emergente. Avançando na tentativa de entendimento do que poderá ser esse novo paradigma e seus fundamentos, Boaventura defende:

> À medida que as ciências naturais se aproximam das ciências sociais, estas se aproximam das humanidades. O sujeito, que a ciência moderna lançara na diáspora do conhecimento irracional, regressa investido da tarefa de fazer erguer sobre si uma nova ordem científica. (p. 43)

A recuperação, portanto, do papel do sujeito na produção de conhecimento requer que a superação da dicotomia e o novo paradigma que dela emergirá revalorizem os estudos humanísticos, desde que as próprias humanidades – que na modernidade estiveram fundamentadas na cisão homem/natureza – sejam profundamente transformadas. Para Boaventura, *o que há nelas de futuro é o terem resistido à separação sujeito/objeto e o terem preferido a compreensão do mundo à manipulação do mundo* (p. 44). No entanto, ele aponta também que essa concepção humanística das ciências sociais, para ser agente catalisador da progressiva fusão das ciências naturais e sociais, precisa colocar, além da pessoa no centro do conhecimento, a natureza no centro da pessoa. De modo poético, ele esclarece suas idéias a respeito desses dois aspectos da fusão.

> Não há natureza humana porque toda a natureza é humana. É pois necessário descobrir categorias de inteligibilidade globais, conceitos quentes que derretam as fronteiras em que a ciência moderna dividiu e encerrou a realidade. (p. 44)

Nesse sentido, a ciência pós-moderna é uma ciência analógica, na qual as analogias entre o mundo, o jogo, o texto ou o palco ou a biografia permitirão desvelar diferentes pontas do mundo.

Jogo, palco, texto ou biografia, o mundo é comunicação e por isso a lógica existencial da ciência pós-moderna é promover a "situação comunicativa" tal como Habermas a concebe. Nessa situação confluem sentidos e constelações de sentidos vindos, tal qual rios, das nascentes das nossas práticas locais e arrastando consigo as areias dos nossos percursos moleculares, individuais, comunitários, sociais e planetários. Não se trata de um amálgama de sentido (que não seria sentido, mas ruído), mas antes de interacções e intertextualidades organizadas em torno de projectos locais de conhecimento indiviso. Daqui decorre a segunda característica do conhecimento científico pós-moderno (p. 45).

Todo conhecimento é local e total – 2ª tese

O processo de crescente especialização da ciência moderna vem restringindo os objetos sobre os quais incide o conhecimento produzido. Ou seja, o aumento do rigor do conhecimento caminha paralelamente à crescente arbitrariedade e à necessidade de proteção/controle das fronteiras entre os diferentes conhecimentos. Isso significa que o conhecimento disciplinar é também um conhecimento disciplinado, em virtude da necessidade de policiar e reprimir as possíveis transposições de fronteira. A excessiva parcelização e a disciplinarização do conhecimento científico tornam o cientista um ignorante especializado, acarretando efeitos negativos. A necessidade de reintegrar os conhecimentos no sentido de superar os efeitos da hiperespecialização se faz perceber notadamente no campo das ciências aplicadas, cujos impactos sobre a vida dos indivíduos – exemplo da Medicina e da Farmacologia – e da sociedade em geral – no caso das altas tecnologias e seus efeitos sobre os ecossistemas, ou do pensamento jurídico e econômico – vêm impondo mudanças significativas de rumo.

Assim, no paradigma emergente o conhecimento constitui-se não mais em torno de disciplinas, mas em torno de temas, ou seja, a fragmentação pós-moderna é uma fragmentação temática, e não mais disciplinar, entendendo-se os temas como galerias por onde os conhecimentos progridem ao encontro uns dos outros. Desse modo, entender-se-á que o conhecimento avança à medida que seu objeto se amplia, pela diferenciação e pelo alastramento de suas raízes em busca de novas e mais variadas interfaces.

Penso ser evidente o quanto esse pensamento de Boaventura (aqui apenas esboçado em primeira instância) a respeito da necessidade epistemológica e política de instauração de um novo paradigma, traz de contribuições para a educação e a reflexão em torno dela. Nas páginas 33-34, já referidas, o autor aponta o fato de os objetos terem fronteiras cada vez menos definidas, entrecruzando-se em teias complexas uns com os outros. Agora, ao referir esse alastramento das raízes em busca de interfaces, ele permite entrever que a raiz à qual se refere é a rizomática que, em vez de se aprofundar numa só direção, se espalha, nos levando à metáfora deleuziana, muito utilizada no contexto dos debates sobre transdisciplinariedade e transversalidade no campo da educação (cf. GALLO, 1999 e 2002). Por outro lado, a metáfora das teias se associa à das redes, que tem sido usada no campo da educação para fazer referência aos processos de criação de conhecimento, entendendo-os como produtores de redes de conhecimentos, o que pressupõe um enredamento entre as diferentes dimensões do conhecer, a indissociabilidade entre os diferentes conhecimentos, bem como a horizontalidade das relações entre eles.

Na medida em que se organiza em torno de temas estruturados em função de sua adoção por grupos sociais concretos, como projetos de vida locais, o conhecimento pós-moderno é local. Mas sendo local, ele é também total porque salienta a exemplaridade dos projetos cognitivos locais. Ao fazê-lo, a ciência do paradigma emergente se configura, também[4], como uma ciência tradutora, por incentivar *os conceitos e teorias desenvolvidos localmente a*

---

[4] Na 1ª tese, a ciência pós-moderna surge como uma ciência "assumidamente analógica".

emigrarem para outros lugares cognitivos, de modo a poderem ser utilizados fora do seu contexto de origem (p. 48).
Isso é possível porque este é um conhecimento que concebe através da imaginação (e não da operacionalização) e se generaliza através da qualidade e da exemplaridade (e não da quantidade). Essa dimensão do conhecimento pós-moderno traz imenso potencial para o pensamento e a prática educativos na medida em que permitirá revalorizar a imaginação criativa de professores e alunos e dos seus fazeres, hoje marginalizados porque locais, reconhecendo-lhes o potencial de reconhecimento e de multiplicação em virtude de suas características qualitativas.

A última parte da argumentação em torno desse aspecto da ciência pós-moderna é fundamental para pensar questões relacionadas à pesquisa e à apresentação de seus resultados em ciências sociais e, portanto em educação. Boaventura assume, nessa passagem do texto, o caráter relativamente imetódico desse tipo de conhecimento, que se constitui a partir de uma pluralidade metodológica que, reconhece ele, só é possível mediante transgressão metodológica. E completa:

> A transgressão metodológica repercute-se nos estilos e gêneros literários que presidem à escrita científica. A ciência pós-moderna não segue um estilo unidimensional, facilmente identificável: o seu estilo é uma configuração de estilos construída segundo o critério e a imaginação pessoal do cientista. A tolerância discursiva é o outro lado da pluralidade metodológica. (p. 49)

Essa argumentação conduz à idéia de que caminhamos no sentido da maior personalização do trabalho científico, daí a terceira característica do conhecimento científico no paradigma emergente.

Todo conhecimento é auto-conhecimento – 3ª tese

A ciência moderna e a idéia de conhecimento objetivo, factual e rigoroso expulsaram de si o homem enquanto sujeito empírico e, sobre essa base, criaram a distinção sujeito/objeto que, no entanto, jamais foi pacífica no campo das ciências sociais, que, por isso, foram consideradas atrasadas em relação às ciências naturais.

O problema principal deveu-se à necessidade de articulação metodológica entre a distinção epistemológica e a distância empírica entre sujeito e objeto, visto que os objetos de estudo eram, tal como os pesquisadores, homens e mulheres. Assim, em virtude de uma distinção epistemológica supostamente clara entre o pesquisador civilizado e os povos primitivos, a Antropologia pôde atuar reduzindo a distância empírica e desenvolvendo pesquisas através de métodos em que havia maior intimidade entre sujeito pesquisador e objeto pesquisado – o trabalho etnográfico de campo e a observação participante. Já na Sociologia, a proximidade empírica entre sujeito e objeto, cidadãos estudando concidadãos, a distância entre uns e outros foi aumentada através do uso de metodologias de distanciamento: análise documental, inquérito sociológico, entrevista estruturada.

Boaventura aponta que, historicamente, essa fronteira foi se fragilizando, primeiro na Antropologia devido à consciência da selvageria da civilização a partir da Segunda Guerra; depois, sua consolidação no final dos anos 1960, com a crescente incorporação de métodos da Antropologia à Sociologia, desembocando na sua explosão no período pós-estruturalista. No campo das ciências físico-naturais, a Mecânica Quântica foi a primeira a trazer o sujeito de volta ao demonstrar a inseparabilidade entre o ato do conhecimento e seu produto. Estudos em outras áreas como Astrofísica, Microfísica e Biologia restituíram à natureza propriedades que lhe foram expropriadas pela ciência moderna, sobretudo depois que se verificou que

> o desenvolvimento tecnológico desordenado nos tinha separado da natureza em vez de nos unir a ela e que a exploração da natureza tinha sido o veículo da exploração do homem. O desconforto que a distinção sujeito/objecto sempre tinha provocado nas ciências sociais propagava-se assim às ciências naturais. O sujeito regressava na veste do objecto. (p. 51)

Essa argumentação e a possibilidade que ela instaura de, parafraseando Clausewitz, afirmar que o objeto é a continuação do sujeito por outros meios, leva à demonstração da terceira tese. Todo conhecimento é auto-conhecimento. É criação, e não descoberta. Assim, os pressupostos metafísicos e sistemas de crenças e valores não vêm antes nem depois da explicação científica; são parte integrante dela. A prevalência da explicação científica sobre outros modos de explicação/compreensão da realidade nada tem de científico; é um juízo de valor, naturalizado através de um processo lento. No seu início, seus próprios protagonistas, como Descartes, por exemplo, assumiam a precedência de suas convicções sobre as provas que desenvolviam.

No fechamento da terceira tese, Boaventura defende a idéia de que nossas trajetórias de vida, nossos valores e nossas crenças são a prova íntima do nosso conhecimento, o que permite afirmar que os sentidos atribuídos ao conhecimento vinculam-se à nossa história. Assim, o caráter autobiográfico da ciência, já apontado como vinculado ao fato de que *a explicação científica dos fenômenos é a auto-justificação da ciência enquanto fenômeno central da nossa contemporaneidade* (p. 52), reaparece, agora associado ao auto-referenciável é plenamente assumido no paradigma emergente que surge da necessidade de uma outra forma de conhecimento além do funcional, um conhecimento compreensivo que nos una ao que estudamos. Trata-se aqui de uma prudência perante um mundo que, apesar de domesticado, nos mostra cada vez mais a precariedade do sentido de nossa vida, mesmo quando a sobrevivência parece assegurada.

Assim, nesse novo paradigma importa menos controlar ou fazer funcionar, e importa mais a satisfação pessoal por aceder e partilhar o conhecimento. Nesse sentido, a criação científica assume, no paradigma emergente, uma proximidade da criação literária ou artística porque associa à dimensão ativa da transformação do real a possibilidade de contemplação do resultado, da obra de Arte. Ou seja, *assim, ressubjectivado, o [novo] conhecimento científi-*

co ensina a viver e traduz-se num saber prático. Daí a quarta e última característica da ciência pós-moderna (p. 55).

Todo conhecimento visa constituir-se em senso comum – 4ª tese

Reafirmando o caráter não-científico do estatuto privilegiado da racionalidade científica em relação a outras formas de racionalidade, Boaventura defende a idéia de que *a ciência moderna produz conhecimentos e desconhecimentos. Se faz do cientista um ignorante especializado, faz do cidadão comum um ignorante generalizado* (p. 55). Opõe a isso a ciência pós-moderna como sabedora de que nenhuma forma de conhecimento é, em si mesma, racional; só a configuração de todas elas o é. Isso implica a necessidade de diálogo entre as diferentes formas de conhecimento e de interpenetração entre elas. Aponta a importância primeira do conhecimento do senso comum nesse diálogo por ser este *o conhecimento vulgar e prático com que no quotidiano orientamos as nossas acções e damos sentido à nossa vida* (p. 55), reabilitando-o da condição de falso e superficial à qual a ciência moderna o relegou. Mesmo entendendo que o senso comum é uma forma de conhecimento que tende ao conservadorismo e à mistificação, Boaventura vê nele uma dimensão utópica e libertadora, que aflora em algumas de suas características e pode ser ampliada através do diálogo com o conhecimento científico.

Antes de adentrar na caracterização do autor, penso ser importante assinalar o potencial dessa idéia do diálogo e da interpenetração entre as diferentes formas de conhecimento para pensarmos a educação e, mais precisamente, a ação pedagógica. Considerando a necessidade de atribuir sentido aos conteúdos escolares para que ocorra aprendizagem efetiva, parece evidente que o diálogo entre os conhecimentos do educando e os conhecimentos escolares – os primeiros associáveis, mas não idênticos ao senso comum, e os segundos, ao conhecimento científico – a possibilidade de atribuir sentidos aos últimos depende do seu próprio potencial de diálogo com os primeiros, o que, aliás, já sabia Paulo Freire.

Quanto às dimensões potencialmente libertadoras do senso comum, Boaventura as descreve, e eu aqui me limito a reproduzi-las.

> O senso comum faz coincidir causa e intenção; subjaz-lhe uma visão de mundo assente na acção e no princípio da criatividade e da responsabilidade individuais. O senso comum é prático e pragmático; reproduz-se colado às trajectórias e às experiências de vida de um dado grupo social e nessa correspondência se afirma fiável e securizante. O senso comum é transparente e evidente; desconfia da opacidade dos objectivos tecnológicos e do esoterismo do conhecimento em nome do princípio da igualdade do acesso ao discurso, à competência cognitiva e à competência lingüística. O senso comum é superficial porque desdenha das estruturas que estão para além da consciência, mas, por isso mesmo, é exímio em captar a profundidade horizontal das relações conscientes entre pessoas e entre pessoas e coisas. O senso comum é interdisciplinar e imetódico; não resulta de uma prática especificamente orientada para o produzir; reproduz-se espontaneamente no suceder quotidiano da vida. O senso comum aceita o que existe tal como existe; privilegia a acção que produza rupturas significativas no real. Por último, o senso comum é retórico e metafórico; não ensina, persuade. (p. 56)

Assim, considerando o que já foi dito sobre o paradigma emergente, pode-se pensar que, interpenetrado pelo conhecimento científico, o senso comum pode estar na origem de uma nova racionalidade. *Uma racionalidade feita de racionalidades* (p. 57).

Dito isso, Boaventura dá início a uma argumentação que constitui a base de uma obra posterior – *Introdução à ciência pós-moderna* – que será apresentada a seguir, devido à sua relevância para a compreensão do pensamento do autor. Aqui ele defende a necessidade de inversão da ruptura epistemológica e, no outro livro, transforma isso na idéia da necessidade não mais de inversão, mas da realização de uma segunda ruptura epistemológica. O fundamento é o mesmo.

> Na ciência moderna a ruptura epistemológica simboliza o salto qualitativo do conhecimento do senso comum para o conhecimento científico; na ciência pós-moderna o salto mais importante é o que é dado do conhecimento científico para o conhecimento do senso comum. O conhecimento científico pós-moderno só se realiza enquanto tal na medida em que se converte em senso comum. (p. 57)

Essa sensocomunização da ciência não significa desprezo pelo conhecimento que produz tecnologia, mas entende que, do mesmo modo que o conhecimento deve se traduzir em autoconhecimento, o desenvolvimento tecnológico só faz sentido se for traduzível em sabedoria de vida. A prudência que qualifica o conhecimento reaparece nesse final da obra como uma insegurança assumida e controlada, ou seja, não sofrida mas exercida. Identifica o fato de nossa reflexão epistemológica estar mais avançada e sofisticada que nossa prática científica como uma das origens da insegurança com a qual convivemos nessa fase de transição. Entende que as possibilidades de pesquisa de que dispomos hoje não permitem que elas correspondam ao paradigma emergente; portanto, embora nos saibamos no caminho, não sabemos em que ponto da jornada estamos, fazendo refletir, na nossa condição existencial, a condição epistemológica da ciência. E isso porque *se todo conhecimento é auto-conhecimento, também todo o desconhecimento é auto-desconhecimento* (p. 58).

A ciência pós-moderna e a dupla ruptura epistemológica

Como uma continuidade ao *Discurso sobre as ciências*, o livro cujo título está nesse subtítulo[5] procura definir o perfil teórico e sociológico da forma de conhecimento que

---

[5] SANTOS, Boaventura de Sousa. *Introdução a uma ciência pós-moderna*. Porto: Afrontamento, 1989.

transporta os sentidos emergentes do paradigma da ciência pós-moderna, fazendo uma crítica sistemática das correntes dominantes da reflexão epistemológica sobre a ciência moderna, recorrendo a uma dupla hermenêutica: de suspeição e de recuperação.

Sem trabalhar de modo tão detalhado como o fiz com a obra anterior, apontarei aqui o marco que esse livro representa para a compreensão tanto do pensamento de Boaventura quanto da importância desse escrito para a relação desse pensamento com a educação.

O desenvolvimento da idéia de que se faz necessária uma segunda ruptura epistemológica, ou uma ruptura com a ruptura epistemológica que reaproxime, pela sensocomunização da ciência, o conhecimento científico do conhecimento do senso comum e, portanto do cidadão comum, pretende desembocar em uma compreensão ampliada da ciência como prática social de conhecimento. Por isso a necessidade da reflexão hermenêutica, *que visa transformar o distante em próximo, o estranho em familiar* (SANTOS, 1989, p. 10),

> para transformar a ciência de um objecto estranho, distante e incomensurável com a nossa vida, num objecto familiar e próximo, que não falando a língua de todos os dias é capaz de nos comunicar as suas valências e os e os seus limites, os seus objectivos e o que realiza aquém e além deles. (p. 11)

Em outros momentos de sua obra, Boaventura vai recorrer à hermenêutica, não só como metodologia de reflexão, mas também como conceito operacional no que se refere à ação político-epistemológica voltada para a transformação e a contemplação do mundo que, como já referido, são para ele duas faces do conhecimento pós-moderno. Nas palavras do autor, a crítica das correntes dominantes da epistemologia e a reflexão hermenêutica

> visam compreender a prática científica para além da consciência ingênua ou oficial dos cientistas e das instituições da ciência, com vista a aprofundar o diálogo dessa prática

com as demais práticas de conhecimento de que se tecem a sociedade e o mundo. (p. 15)

Boaventura vai partir da construção epistemológica de Bachelard e da sua idéia de que o conhecimento científico se constrói contra o senso comum em um processo de ruptura epistemológica com ele. Para Bachelard, a tarefa da ciência é levar à superação das opiniões, das formas falsas de conhecimento para tornar possível o conhecimento científico, racional e válido. Pretendendo superar essa dicotomia e a hierarquia que lhe subjaz, Boaventura vai partir desse pensamento para desconstruí-lo na busca do reencontro da ciência com o senso comum.

Entendendo que essa ruptura epistemológica bachelardiana por interpretar corretamente o modelo de racionalidade que subjaz ao paradigma da ciência moderna, só no contexto deste pode ser compreendida, *dentro dum paradigma que se constitui contra o senso comum e recusa as orientações para a vida prática que dele decorrem* (p. 37), na crítica ao paradigma da ciência moderna, Boaventura aponta-lhe uma série de limitações, notadamente na objetificação do outro pela transformação da relação eu/tu em relação sujeito/objeto, com o segundo subordinado ao primeiro e na idéia de que só o conhecimento científico, validado por sua suposta objetividade, constitui forma válida de conhecimento e que separa teoria e prática, ciência e ética. Aponta, ainda, a tendência à redução do *universo dos observáveis ao universo dos quantificáveis e o rigor do conhecimento ao rigor matemático do conhecimento* (p. 37).

Identificando a crise do paradigma da ciência moderna e o período atual (fim do século XX) como um período de transição paradigmática, Boaventura vai formular a questão central da sua concepção sobre a necessidade do reencontro da ciência com o senso comum, nos termos de uma *racionalidade envolvente*. *Uma vez feita a ruptura epistemológica, o acto epistemológico mais importante é a ruptura com a ruptura epistemológica* (p. 39). Assim, ele se dedica a mapear os diferentes modos de relacionamento entre a ciência e o senso comum nas ciências sociais que, se surgiram em oposição a ele, não acham todas que é possível ou mesmo desejável a ruptura com ele. Outras correntes propõem a ruptura, mas têm concepções bastante diferenciadas de senso comum, *umas salientando a sua positividade, outras a sua negatividade* (p. 40). Mesmo com tantas diferenças, Boaventura acredita ser possível afirmar que

> se o senso comum é o menor denominador comum daquilo em que um grupo ou um povo colectivamente acredita, ele tem, por isso, uma vocação solidarista e transclassista. (p. 40)

Ou seja, mesmo no seio de uma vocação para estar de acordo com o pensamento hegemônico, assumindo, por isso, um caráter conservador e preconceituoso, o senso comum carrega em si mais do que uma acomodação dos grupos subalternizados à sua subordinação. Ele tem, também, sentidos de resistência que podem se transformar em armas de luta contra essa mesma subordinação, tornando inadequada a oposição simplista entre ciência/luz, senso comum/trevas. A impropriedade de opor a ciência ao senso comum se fundamenta, ainda, na idéia complementar a essa primeira de que a ciência também pode ser conservadora e defender o *status quo*. Além disso, falar em senso comum de modo fixo e absolutizado representa a negligência das circunstâncias nas quais ele é produzido e que são fundamentais para a formulação dele. Sociedades diferentes, mais ou menos democráticas, mais ou menos classistas, mais ou menos solidárias, produzirão sensos comuns diferentes. A indissociabilidade entre a ciência e o senso comum, visto que a primeira jamais se livra totalmente dos preconceitos que estariam vinculados ao segundo, invalida a absolutização maniqueísta da oposição racionalidade/ciência, irracionalidade/senso comum, e isso seria o último aspecto da impossibilidade e da inadequação da oposição senso comum/ciência do modo como se pretendeu na modernidade.

Recuperando a definição alternativa de senso comum formulada em *Um discurso sobre as ciências*, Boaventura vai avançar sobre as condições teóricas que permitiriam ao senso comum desenvolver plenamente sua positividade e contribuir com a emancipação cultural e social. Aponta, como condição essencial a necessidade *de uma configuração cognitiva em que tanto ele quanto a ciência moderna se superem a si mesmos para dar lugar a uma outra forma de conhecimento* (p. 44). E é dessa convicção que procede a idéia da dupla ruptura epistemológica: a ruptura com a ruptura epistemológica que não neutraliza a primeira.

> Pelo contrário, a dupla ruptura procede a um trabalho de transformação *tanto* do senso comum *como* da ciência. Enquanto a primeira ruptura é imprescindível para constituir a ciência, mas deixa o senso comum tal como estava antes dela, a segunda ruptura transforma o senso comum com base na ciência constituída e no mesmo processo transforma a ciência. Com essa dupla transformação pretende-se um senso comum esclarecido e uma ciência prudente, ou melhor, [...] um saber prático que dá sentido e orientação à existência e cria o hábito de decidir bem. (p. 45)

Na continuidade do texto, Boaventura aponta o objetivo da dupla ruptura epistemológica como a criação de uma configuração de conhecimentos que seja ao mesmo tempo prática e esclarecida, sábia e democraticamente distribuída. Para chegar a isso, a dupla ruptura epistemológica precisa se constituir como o modo operatório da hermenêutica da epistemologia. Precisa repensar a ciência e seus modos de constituição, desconstruindo-a para inseri-la numa totalidade que a transcende, voltada para a emancipação e para a criatividade, valores que só ela pode realizar, mas não como ciência. Isso quer dizer que a desconstrução hermenêutica da ciência precisa seguir alguns *topoi* de orientação para poder levar à constituição de uma configuração de conhecimentos que possa contribuir com a emancipação. Isso porque – e eis aqui um ponto crucial do pensamento de Boaventura, que traz significados profundos para a educação –

não é qualquer conhecimento que contribui para a emancipação. Por isso é preciso reconhecer e levar em conta a indissociabilidade entre o campo da racionalidade cognitiva do conhecimento científico e o campo prático da Ética e da Política.

Os três *topoi* apontados pelo autor para a efetivação da desconstrução pretendida no sentido de viabilizar a dupla ruptura epistemológica e a constituição de uma *epistemologia pragmática* são, em primeiro lugar, a atenuação do desnivelamento entre os discursos visando a ampliar o diálogo e promover a horizontalização das relações entre eles, hoje baseadas na cisão e na hierarquia entre os discursos eruditos e os do senso comum. O segundo *topos* seria voltado para a superação de uma outra dicotomia: a que opõe contemplação e ação. A indissociabilidade, cada vez mais evidente, entre a produção científica e os usos que dela são feitos torna crescentemente sem sentido a idéia de uma produção desinteressada de conhecimento. Ou seja, é preciso explicitar essa indissociabilidade para fortalecer a superação da função política e ideológica que a separação entre a verdade científica e a verdade social da ciência exerce: evitar o controle social crítico da produção científica e permitir a redução da práxis à técnica. O objetivo é levar a uma valorização global da práxis, que torne possível à técnica converter-se numa dimensão da prática, e não o contrário. Finalmente, o terceiro e último topos – complementar ao segundo – é a necessidade de encontrar um novo equilíbrio entre adaptação e criatividade. Segundo Boaventura, o preço invisível do conforto é a renúncia à liberdade de agir e ao fruir com autonomia, o que vem privilegiando o poder adaptativo do homem em detrimento de seu poder criativo. A necessidade desse novo equilíbrio só pode ser contemplada no contexto de uma práxis fundamentada numa compreensão de ciência que privilegia as conseqüências e obriga o homem a refletir sobre os custos e os benefícios do que faz e do que lhe é feito. *Uma prática assim entendida saberá dar à técnica o que é da técnica e à liberdade o que é da liberdade* (p. 49).

Tal como já havia feito no seu "Discurso sobre as ciências", Boaventura vai apontar de modo mais sistemático e organizado as condições teóricas e sociais da dupla ruptura epistemológica. Sem fazer exegese nem um estudo mais aprofundado do texto em questão, para dar continuidade a essa apresentação do pensamento do autor – trazendo as discussões mais especificamente sociais e políticas que realiza e que, como venho tentando demonstrar, são para ele questões indissociáveis das de ordem epistemológica – será preciso elencá-las antes de nos dedicarmos aos textos seguintes, nos quais as questões iniciais dessa reflexão epistemológica já apresentada vão se desenvolver e ganhar consistência teórica. Mais do que isso, todos os demais escritos que decidi incorporar a este livro, para realizar a discussão proposta das relações existentes e possíveis entre o pensamento do autor e a educação, guardam estreitas relações com esses dois livros que considero básicos para a compreensão e o estabelecimento de qualquer diálogo com o pensamento do autor.

Condições teóricas e sociais da dupla ruptura epistemológica

Conforme o que, já foi extensamente discutido aqui, o paradigma da ciência moderna enfrenta uma crise que não poderá ser resolvida com reformas no paradigma, mas exigirá a formulação de um novo paradigma, cujas características ainda não estão claras, mas que já podem ser vislumbradas. Trata-se, portanto, de um processo de reconceptualização da ciência que resulta de um conjunto de condições teóricas. A primeira delas deriva da necessidade de problematização do próprio sentido da ciência, da validade do conhecimento científico em face dos demais conhecimentos que circulam na sociedade e exige que se submeta a própria epistemologia à reflexão hermenêutica. Daí a segunda condição, a de que o processo de reflexão hermenêutica deve se dar pela desconstrução dos objetos teóricos que a ciência constrói sobre si permitindo a desdogmatização da ciência – e da idéia de que ela constitui a única forma válida de conhecimento.

Nesse sentido, e aqui está a terceira condição, essa reflexão hermenêutica é uma pedagogia de uma epistemologia pragmática, de uma concepção pragmática de ciência e de verdade do conhecimento, que subentende a idéia de que a prática científica é uma prática intersubjetiva, que se justifica *teórica e sociologicamente pelas conseqüências que produz na comunidade científica e na sociedade em geral* (p. 170) e, por isso mesmo, entende como indissociáveis a verdade epistemológica e a verdade sociológica. A quarta condição teórica da dupla ruptura epistemológica se associa à terceira e aponta a diversidade na possibilidade de avaliação das conseqüências da prática científica sobre a sociedade e a comunidade científica em virtude da especificidade das lutas de verdade que nesta última se dão. Considerando a verdade, nesse caso, como o efeito de convencimento dos discursos de verdade em conflito, Boaventura vai apontar como quinta condição a necessidade de a concepção pragmática de ciência se articular a uma concepção retórica do discurso científico, para que o saber científico possa se abrir a outros saberes e propiciar a segunda ruptura epistemológica. A sexta condição é quase um resumo daquilo que foi dito anteriormente e reafirma a idéia do compromisso com o estabelecimento do que se poderia chamar de uma ciência mais sábia e mais democrática. *O que se pretende é um novo senso comum com mais sentido, ainda que menos comum* [6] (p. 171). Finalmente, a sétima condição retoma a idéia da precedência epistemológica das ciências sociais sobre as ciências naturais e das correntes compreensivas críticas das ciências sociais sobre outras.

No que se refere às condições sociais da dupla ruptura epistemológica, Boaventura relembra a sua inconclusividade na medida em que as duas rupturas se desenvolveram, até agora, de modo desigual. Entende que a tarefa requer que essa teorização das condições sociais deve se dar no seio de *uma teoria da sociedade que identifique contextos de prática social propiciadores da forma de conhecimento*

---

[6] Em itálico no original.

que se pretende promover com a dupla ruptura epistemológica (p. 173). Ou seja, se todo conhecimento é contextual, é preciso identificar em que contextos se produz e se aplica o conhecimento nas sociedades capitalistas. Aparece neste trecho do livro um primeiro esboço do que se tornou, depois de alguns desenvolvimentos parciais, o mapa de estrutura-acção das sociedades capitalistas (Santos, 1995, 2000, p. 41 deste livro). Considerando cada contexto como uma comunidade de saber, Boaventura aponta duas questões relevantes. Em primeiro lugar cria o entendimento de que, nas sociedades complexas, nossa cotidianidade é múltipla, internamente diversificada e com significados diferenciados. Isso leva ao entendimento de que somos, enquanto indivíduos, configurações em que se articulam e interpenetram nossos seres práticos, *todos produtos-produtores de sentidos, o que faz com que o sentido da nossa presença no mundo e, portanto, da nossa ação em sociedade [seja], de facto, uma configuração de sentidos* (p. 176).

A indissociabilidade entre as diferentes dimensões de nossa experiência de mundo, fruto das diferentes instâncias de inserção social e a influência disso na constituição de nossas identidades e possibilidades de ação sobre o mundo aparece, a partir daqui, como uma questão central para a educação e para os processos educativos, na medida em que estes podem ser entendidos como formas de intervenção sobre a constituição das identidades, logo, sobre os modos e as possibilidades de ação social daqueles que são a eles submetidos. Identificando, ainda na discussão sobre as dimensões sociais da dupla ruptura epistemológica, a desigualdade entre os diferentes poderes, Boaventura vai considerar que, cada contexto interativo estrutural é uma comunidade de saber dúplice, na qual há uma forma local, nativa, de saber e pelo saber científico, do qual não é habitualmente sujeito. Ou seja, a distribuição desigual de poder entre os diferentes grupos sociais transforma alguns deles em sujeitos sociais de conhecimento e outros em objetos, e isso interfere sobre a aplicação do conhecimento científico.

Penso que, não por acaso, a diferenciação entre a aplicação técnica e a aplicação edificante da ciência esboçada nessa *Introdução à ciência pós-moderna* reaparece na discussão que Boaventura empreende sobre a constituição de um projeto educativo emancipatório na condição de um de seus fundamentos. Essa diferenciação se configura como uma nova conflitualidade que, para o autor

> sendo especificamente uma luta entre dois paradigmas científicos, deve ser entendida como sendo parte integrante de outra mais ampla entre dois paradigmas societais. A luta pela ciência pós-moderna e pela aplicação edificante do conhecimento científico é, simultaneamente, a luta por uma sociedade que as torne possíveis e maximize a sua vigência. (p. 185)

É aqui que vamos nos obrigar a encontrar a face mais política do pensamento de Boaventura, a que vai se ocupar da reflexão em torno das questões sociais e políticas e da tentativa de construção de uma teoria a respeito do que ele chama de transição societal (Santos, 1995, p. 9).

Do progresso à vida decente

Entre os muitos trabalhos que Boaventura dedicou à discussão social e política, alguns deles publicados em versões diferentes, mas com o mesmo teor, merece especial destaque o livro *Pela mão de Alice: o social e o político na pós-modernidade* (1995). Não à toa, escolhi trabalhar sobre ele e não sobre as demais versões da discussão. Dentre os muitos aspectos e formulações escolhi, ainda dentro do livro, alguns debates precisos, entendendo-os como os mais relevantes para o interesse de compreensão do pensamento geral de Boaventura e, sobretudo, para as possibilidades de sua utilização no campo do pensamento e da ação educativos. Assim, do amplo debate que envolve a questão social e as possibilidades de delineamento de um pensamento político pós-moderno voltado não só à compreensão da sociedade e de seus modos de funcionamento, mas também à construção política de possibilidades de intervenção transformadora, tratarei aqui do que Boaventura considera um dos detonadores da crise da modernidade: a questão do conflito entre regulação e emancipação, que a modernidade fez pender para o lado da regulação.

Numa perspectiva de estudo de uma temática cuja influência sobre a educação parece-me altamente relevante, apresento a discussão sobre a relação que Boaventura percebe entre subjetividade, cidadania e emancipação empreendida no capítulo 9 daquele livro. Esta parte desemboca sobre um tema que merecerá especial destaque: a idéia de uma nova teoria da democracia e da emancipação.

O conflito regulação/emancipação na contemporaneidade

A tese do autor parte da idéia de que o paradigma cultural da modernidade constituiu-se antes de o modo de produção capitalista tornar-se dominante e extinguir-se-á antes de este último deixar de sê-lo. Esse processo é complexo na medida em que se dará, simultaneamente, por superação e por obsolescência. Ele afirma que vivemos hoje uma situação de transição, que, como todas as transições, é semicega e semi-invisível e vem sendo chamada, inadequadamente, de pós-modernidade.

Boaventura começa por esclarecer como entende o projeto sociocultural da modernidade. Para ele, esse projeto assenta em dois pilares fundamentais – o pilar da regulação e o pilar da emancipação – que são complexos, e cada um é constituído por três princípios.

> O pilar da regulação é constituído pelo princípio do Estado, cuja articulação se deve principalmente a Hobbes; pelo princípio do mercado, dominante sobretudo na obra de Locke; e pelo princípio da comunidade, cuja formulação domina toda a filosofia política de Rousseau. Por sua vez, o pilar da emancipação é constituído por três lógicas de racionalidade: a racionalidade estético-expressiva da arte e da literatura; a racionalidade moral-prática da ética e do

direito; e a racionalidade cognitivo-instrumental da ciência e da técnica. (p. 77)

Definidos os pilares, Boaventura evidencia o fato de que, entre os pilares, seus princípios e suas lógicas, existem articulações privilegiadas. Ou seja, entende que, embora as lógicas de emancipação racional pretendam orientar a vida prática dos cidadãos, elas se inserem diferentemente no pilar da regulação. Define as correspondências privilegiadas. A primeira se dá entre o pilar da comunidade e a racionalidade estético-expressiva na medida em que as idéias de identidade e comunhão são condições necessárias à contemplação estética. A racionalidade moral-prática estaria privilegiadamente associada ao pilar do Estado, porque este tem por tarefa definir o mínimo ético da sociedade e se serve do monopólio da produção e distribuição do direito para isso. A racionalidade cognitivo-instrumental e o princípio do mercado se articulam não só porque este último condensa as idéias de individualidade e de concorrência necessários ao desenvolvimento da técnica mas também porque a ciência vem se convertendo, desde o século XVIII, em força produtiva.

Apontando o caráter revolucionário e ambicioso desse projeto da modernidade, Boaventura vai argumentar que é um projeto que peca tanto por excesso de promessas como por déficit no cumprimento delas. O excesso do projeto da modernidade residiria justamente na pretensão de vincular um ao outro os dois pilares e de os vincular, ambos, *à concretização de objectivos práticos de racionalização global da vida colectiva e da vida individual* (p. 78). A pretensão dessa construção abstrata esbarra, entretanto, no excesso de expectativa que cria, por isso porta em si mesma, *o gérmen de um défice irreparável*, cuja dimensão mais profunda estaria *na possibilidade de esses princípios e lógicas virem humildemente a dissolver-se num projecto global de racionalização da vida social prática e quotidiana* (p. 78). Em que pese a especificidade do desenvolvimento desse projeto nos diferentes países, Boaventura acredita que é possível distinguir, em grandes linhas, três grandes períodos: o do *capitalismo liberal* no século XIX, o do *capitalismo organizado*, que começa no final do século XIX, tem seu apogeu no período entreguerras e logo após a Segunda Guerra; e o terceiro período, do *capitalismo desorganizado*, que começa por volta do final dos anos setenta.

Abdicando de caracterizar em detalhe cada um dos períodos, o autor argumenta que *o primeiro período tornou claro no plano social e político que o projecto da modernidade era demasiado ambicioso e internamente contraditório*, que o segundo período tentou fazer cumprir algumas das promessas, abrindo mão de outras, *na expectativa de que o défice no cumprimento destas, mesmo se irreparável, fosse o menor possível*. O terceiro período representaria *a consciência de que esse défice, que é de facto irreparável, é maior do que se julgou anteriormente* (p. 79-80). E é exatamente porque o cumprimento excessivo de algumas promessas tornou inviável o cumprimento de outras tantas, cuja legitimidade ideológica permanece e, por isso, precisam ser perseguidas, que se faz necessário atualmente reinventá-las. E é sobre essa questão, da reinvenção da emancipação e dos seus princípios que pretendo trabalhar.

Impõe-se, contudo, mesmo sem entrar nos detalhes da análise do autor sobre cada um dos períodos, assinalar que ele identifica, no primeiro período, o desenvolvimento privilegiado da cidadania civil e política como um dado que ajuda a entender por que o princípio do estado, cujo desenvolvimento foi ambíguo, viabilizou uma hipertrofia do princípio do mercado e a uma atrofia quase total do princípio da comunidade. Nesse período teriam explodido as grandes contradições do projeto: *entre a solidariedade e a identidade, entre a justiça e a autonomia, entre a igualdade e a liberdade* (p. 80). Quanto ao pilar da emancipação – de desenvolvimento também ambíguo e assistindo ao desenvolvimento de suas três lógicas pela especialização e diferenciação funcional – traduz-se, no campo da racionalidade cognitiva instrumental por um espetacular desenvolvimento da ciência, no campo da racionalidade moral-prática na elaboração e consolidação da microética liberal e no campo da racionalidade estético-expressiva no crescente elitismo da alta cultura, associada à idéia de "cultura nacional"[7].

Porém, em sua ambigüidade, ele foi, nesse período, organizador de manifestações sociais informadas pela vocação de globalidade e pela aspiração de uma racionalidade radical. O idealismo romântico, no domínio da racionalidade estético-expressiva, representaria *a vocação utópica da realização plena da subjectividade inscrita no projeto da modernidade* (p. 82), e os projetos socialistas radicais – tanto o utópico como o científico – constituíram uma manifestação, no campo da racionalidade moral-prática, que busca reconstituir o projeto da modernidade a partir da raiz, ou seja, pretende realizar os ideais *da autonomia, da identidade, da solidariedade e da subjectividade* (p. 83).

O segundo período, do modernismo e do primado do Estado-providência, assiste, do ponto de vista do pilar da regulação, ao desenvolvimento da cidadania social que, em rota de colisão com o princípio do mercado – que, ainda assim, continua a desenvolver-se com pujança – viabiliza um reequilíbrio da relação deste primeiro com o princípio do Estado, sob a pressão do princípio da comunidade que se desenvolve através da emergência de práticas de classe que geram políticas de classe. Do ponto de vista do pilar da emancipação, esse período da cultura do modernismo e não mais da modernidade, aprofunda a tendência para a especialização e a diferenciação funcional entre os diferentes campos da racionalidade. Assim, reafirmam-se a autonomia da Arte, o afastamento do Estado dos cidadãos, e surgem as várias epistemologias positivistas. Negando a validade daquilo que não cumpre, tornando o que cumpre objetivo e regra únicos, o projeto da modernidade exacerba o pilar da regulação enquanto mutila o da emancipação.

---

[7] As aspas estão no original do autor.

O mais importante a reter nesse processo é que a representação luxuriante do campo cognoscível e racional vai de par com uma ditadura das demarcações, com o policiamento despótico das fronteiras, com a liquidação sumária das transgressões. E, nesta medida, o pilar da emancipação torna-se cada vez mais semelhante ao pilar da regulação. A emancipação transforma-se verdadeiramente no lado cultural da regulação. (p. 86)

Boaventura identifica o terceiro período como capitalismo desorganizado, considerando-o complexo em si porque ainda o estamos atravessando. Período de transformações profundas e vertiginosas, o que se presencia nele é uma pujança sem precedentes do princípio do mercado que *extravasou do econômico e procurou colonizar tanto o princípio do Estado como o da comunidade – um processo levado ao extremo pelo credo neoliberal* (p. 87). No campo do princípio da comunidade, as práticas de classe, que davam origem a políticas de classe no período anterior, deixam de ter essa possibilidade em virtude da perda de poder das classes trabalhadoras frente ao capital, e surgem novas práticas de mobilização social, os novos movimentos sociais. Quanto ao princípio do Estado, percebe-se uma perda crescente da capacidade e da vontade política do Estado Nacional de exercer papel de regulador das esferas da produção e da reprodução social.

Boaventura identifica na contenção do movimento estudantil de maio de 1968 o momento simbólico de início de processo de esgotamento das promessas modernas de emancipação. Porém, se estão domesticados os princípios de emancipação da modernidade, por outro lado, torna-se possível, realisticamente, imaginar uma situação radicalmente nova. No nível da racionalidade cognitivo-instrumental, seu cumprimento excessivo permite identificá-lo como irracional. Ou seja, o excesso de racionalidade instrumental criou um sistema social globalmente irracional. No âmbito da racionalidade moral-prática, assiste-se a um divórcio crescente entre a autonomia e a subjetividade e as práticas políticas e da vida cotidiana; os excessos da regulamentação jurídica da vida social vêm esmagando o cidadão comum, que é levado a dispensar o senso comum e o bom senso diante desse conhecimento específico. A microética do individualismo, inadequada para pensar questões globais, ainda não foi substituída por uma macroética que contribua para que aprendamos a fazê-lo e a promover ações coletivas em escala planetária. Paralelamente a esses problemas, assiste-se, mesmo que de modo incipiente e marginal, à emergência de novas concepções de direitos humanos, de direito à autodeterminação dos povos e de solidariedade.

Finalmente, Boaventura identifica no campo da racionalidade estético-expressiva a melhor condensação das antinomias do presente e, portanto os mais fortes sinais de futuro. A proliferação de infinitos evidencia a exaustão irremediável do cânon cultural modernista nas mais diversas artes e formas de expressão, e só além da modernidade pode-se vislumbrar novas possibilidades, visto que o projeto moderno tem transformado incessantemente energias emancipatórias em energias regulatórias. O novo começo, do ponto de vista político, seria pensado como uma política pós-moderna, na qual as minirracionalidades da vida deixam de ser entendidas apenas como partes do todo e passam a ser totalidades presentes em múltiplas partes. Seis roteiros básicos expressam os sintomas do paradigma político emergente que o autor apresenta[8].

O primeiro roteiro – *o saber e a ignorância* – busca reequilibrar a relação entre a vocação crítica e a vocação de cumplicidade, que no saber moderno penderam, excessivamente, em prol da crítica. A dupla ruptura epistemológica seria o caminho para superar esse desequilíbrio e *fazer com que o conhecimento científico se transforme num novo senso*

---

[8] Em textos diferentes, Boaventura ordena de modo diferente os roteiros apresentados. Escolhi o texto mais recente (1995) por ser mais desenvolvido do que o anterior (1993b), embora os argumentos e os roteiros sejam os mesmos.

comum. Para isso é preciso, contra o saber, criar saberes e, contra os saberes, contra-saberes (p. 104). As criações de saberes precisam obedecer a três *topoi*: o primeiro *topos – não toque, isso é humano* – seria uma intervenção a favor do humano para orientar a aplicação do conhecimento científico no sentido de recuperar as posturas éticas em substituição ao tecnicismo predominante na modernidade. Percebe-se aqui a interferência da discussão a respeito da aplicação técnica e edificante da ciência que o autor desenvolve em outros textos[9].

O segundo *topos – é mais importante estar próximo do que ser real* – seria a inversão da relação entre o real e o próximo que, na modernidade, pendeu sempre a favor do real entendido como objeto acessível a partir do distanciamento sujeito/objeto. Quanto maior o distanciamento, maior a objetividade do conhecimento. Ao contrário disso, o conhecimento pós-moderno privilegia o próximo em detrimento do real, reaproximando, através disso, os atos das suas conseqüências, tornando o saber menos técnico e mais edificante. Lembrando que o conhecimento pós-moderno é retórico (cf. capítulo 1) e que, por isso, aspira à comunicação que, por sua vez, só existe em contextos e situações específicos, Boaventura vai apontar o caráter local do conhecimento pós-moderno.

O terceiro e último *topos* desse primeiro roteiro de interpretação do paradigma emergente – *afirmar sem ser cúmplice, criticar sem desertar* – deriva da idéia de que, ao contrário da pretensão moderna de que a realidade é uma presença monolítica, há realidades emergentes que são afirmativas antes de serem críticas e, por isso podem e devem ser afirmadas em sua existência, sem que precisem ser confirmadas em sua validade ao mesmo tempo que a crítica a elas endereçadas não requer que elas sejam deserdadas ou desconsideradas. Aposta-se aqui na possibilidade de se encontrar

---

[9] *Introdução a uma ciência pós-moderna* (1991) e *Para uma pedagogia do conflito* (1996).

fragmentos de genuinidade e de oportunidade nos imensos depósitos de manipulação e de dominação que a modernidade foi acumulando (p. 105)[10].

Boaventura chama o segundo roteiro de *o desejável e o possível*, considerando que há atualmente muitas coisas que são possíveis mas não desejáveis, assim como há desejáveis aparentemente impossíveis. Nem Deus, que antes "recebia" as demandas impossíveis, nem a ciência, que tornou possível muito do desejável, são mais suficientes para decidir como lidar com isso. Só a humanidade pode fazê-lo. As decisões a serem tomadas diante desses novos interesses repousariam sobre uma dupla consciência; do excesso e do déficit, diferentemente do que vimos assistindo, que é uma luta entre a primeira e a segunda. Isso porque, com a primeira, aprendemos a não desejar tudo o que é possível e, com a segunda, a desejar o impossível; somente através da comunicação e da articulação entre as duas a humanidade poderá formular novas necessidades radicais, não através de um mero exercício filosófico, mas

> da imaginação social e estética de que são capazes as práticas emancipatórias concretas. O reencantamento do mundo pressupõe a inserção criativa da novidade utópica no que nos está mais próximo. (p. 106)

Ou seja, o que Boaventura formula aqui, de modo particularmente brilhante e poético, é a crença, fundamental para a educação, de que são as práticas emancipatórias reais, desenvolvidas em situações e circunstâncias concretas, imaginadas e postas em prática de modo criativo – porque diferente do previsto pelas normas sociais vigentes – por sujeitos reais que poderão contribuir para a realização da utopia da emancipação, aqui e agora, não mais como um

---

[10] Essa idéia das realidades múltiplas e da necessidade de se buscar entendê-las sem condenação a priori para superarmos os limites estreitos da idéia moderna de realidade, pode ser a origem do que depois Boaventura desenvolveu como sociologia das ausências (cf. próximo capítulo).

projeto tão longínquo quanto abstrato de uma emancipação, que prescindiria dos sujeitos e de suas ações, porque fundamentada em saberes assim caracterizados; os saberes científicos, neutros e objetivos.

O terceiro roteiro – *o interesse e a capacidade* – procura superar a igualdade entre interesse e capacidade pressuposta pela modernidade que acredita que o sujeito social interessado na transformação tem capacidade de promovê-la, e quanto maior o primeiro, maior a segunda[11]. A realidade social vem ensinando que a equação não é tão simples. Os grupos sociais interessados na resolução de determinados problemas não são necessariamente aqueles que têm poder para fazê-lo. Assim, a idéia que Boaventura defende é que essa definição abstrata do sujeito histórico privilegiado da transformação social não pode nos levar a compreender o processo e propõe que analisemos a multiplicidade que, para ele, nos caracteriza como sujeitos. Diz ele:

> todos nós, cada um de nós, é uma rede de sujeitos em que se combinam várias subjectividades correspondentes às várias formas básicas de poder que circulam na sociedade. Somos um arquipélago de subjectividades que se combinam diferentemente sob múltiplas circunstâncias pessoais e colectivas. (p. 107)

Mais adiante, no último capítulo, discuto a questão da educação e da formação das subjetividades democráticas, e analiso as "formas básicas de poder" através do mapa de estrutura-ação das sociedades capitalistas, buscando entender como a educação pode intervir em cada uma dessas instâncias de inserção, no sentido de contribuir para a formação de subjetividades capazes e comprometidas com a luta pela emancipação social. Aqui, com relação a este terceiro roteiro e recuperando o que diz Boaventura, podemos

---

[11] Boaventura chama atenção para o fato de a teoria liberal credenciar a burguesia como classe capaz, porque interessada, de capitanear o desenvolvimento do capitalismo e da teoria marxista estabelecer a mesma relação entre o proletariado e o socialismo.

assinalar que, considerando a combinação entre as nossas diferentes subjetividades como sempre circunstancial, mas sempre determinada e estruturada por essas contingências, podemos reafirmar a existência de uma convivência permanente entre determinismos locais e contingências globais. Por isso, não é possível definir-se *a priori* e no abstrato quais grupos sociais estarão capacitados para a efetivação de práticas sociais que possam contribuir com a transformação social.

O quarto roteiro elencado pelo autor intitula-se *o alto e o baixo ou o solista e o coro*, entendendo a sociedade moderna como uma sociedade de altos e baixos, portanto, de hierarquias sobre as quais se erguem a distribuição e a valorização desigual de diferentes funções e postos, sociais e profissionais, seguindo o critério de complexidade como fator determinante dessa hierarquização, e vinculando, a partir daí as tecnologias, sobretudo as tecnologias do saber, com o poder. Diante da crescente fluidez dos altos e baixos e da deslegitimação das hierarquias dela derivada, três seriam as lições para a formulação do novo paradigma político. Em primeiro lugar, há oportunidades a serem aproveitadas no domínio do ataque aos processos de hiperespecialização, muitos deles baseados apenas na profissionalização das palavras. Em segundo lugar, Boaventura aponta o fato de que a guerra contra os monopólios de interpretação ainda não está ganha, e o desmantelamento destes deve advir da criação de mil comunidades interpretativas, organizadas em torno de discursos argumentativos estruturados por *topoi* retóricos que permitem instaurar uma polifonia que se oponha às "verdades fortes" que caracterizam os monopólios de interpretação. Finalmente, a alteração da relação forma/conteúdo em virtude da transformação progressiva dos conteúdos em "outros" das formas cria a oportunidade de recuperação de formas degradadas e de estabelecimento de diálogo entre elas. O desenvolvimento desse diálogo o tornará cada vez mais informal e democrático, viabilizando que se veja o formal no informal e vice-versa.

O quinto roteiro, *as pessoas e as coisas*, se debruça sobre a análise da relação entre as duas na modernidade, que buscou domesticar e dominar as coisas para que a humanidade se sentisse mais à vontade com elas; com isso, acabou por levar à perda do estar à vontade com as pessoas. Isso pode estar ligado ao que Boaventura chama de *microdespotismos do quotidiano, do trabalho, do lazer e do consumo* (p. 109) que, segundo ele, têm levado à alienação de nós mesmos através de uma *estúpida compulsão do consumo*, que se interpenetra à alienação da *estúpida compulsão do trabalho*, assinalada por Marx. Seria, portanto, função das novas comunidades interpretativas criticar essas compulsões, com base no entendimento pós-moderno de que *o maior inimigo está dentro de nós* (p. 110).

O último roteiro – *as minirracionalidades não são racionalidades mínimas* – busca superar a irracionalidade global à qual a modernidade levou a sociedade, em virtude da instauração de uma racionalidade baseada na especialização e dos interstícios que os espaços entre as diferentes especialidades criaram. Em defesa do pensamento pós-moderno e criticando a modernidade, Boaventura vai afirmar, a partir disso, que

> a totalidade abstracta das lógicas de racionalidade acabou por se fragmentar em mini-racionalidades múltiplas que vivem à sombra de uma irracionalidade global e que, como tal, não são capazes de ver. Esta situação deve nos precaver contra a tentação de caracterizar a pós-modernidade como cultura da fragmentação. A fragmentação maior e mais destrutiva foi-nos legada pela modernidade. A tarefa é agora a de, a partir dela, reconstruir um arquipélago de racionalidades locais, quer existentes quer potenciais, e na medida em que elas forem democraticamente formuladas pelas comunidades interpretativas.

O alerta para o fato de que as racionalidades que integram o arquipélago a ser construído podem já existir ou existem apenas em potencial e que a sua formulação deve ser democrática, ou seja, deve ser obtida através de processos de interação tão igualitários quanto possível entre os sujeitos, ou redes de sujeitos, que fazem parte das diferentes comunidades interpretativas traz, em si, alguns elementos fundadores da idéia de democracia e de emancipação que Boaventura desenvolve, já nessa obra, e à qual dá prosseguimento em muitos dos seus textos e pesquisas mais recentes, alguns apresentados e discutidos neste livro nos capítulos subseqüentes. Penso, ainda, que a conclusão do último roteiro com a reafirmação do localismo das soluções a serem produzidas diante de diferentes problemas e em diferentes contextos é de extrema relevância, não só para a ação política emancipatória. Boaventura estabelece aqui uma nova concepção de socialismo, como o arquipélago dessas soluções, que devem ser tão mais locais e multiplamente locais quanto mais global for o problema. A democracia necessária a esse arquipélago de racionalidades locais pode ser associada a outra e belíssima definição de socialismo que Boaventura apresenta: a de que *o socialismo é a democracia sem fim* (p. 277).

Subjetividade, cidadania e emancipação no paradigma pós-moderno

Para pensar as principais questões políticas que envolvem o debate em torno do novo paradigma epistemológico e político, Boaventura entende ser necessário proceder a uma análise crítica das relações entre três marcos da história da modernidade: a subjetividade, a cidadania e emancipação. O excesso de regulação e o desequilíbrio nesse pilar experimentado na modernidade são examinados por Boaventura através das relações entre os marcos já referidos.

Considerando a teoria política liberal a expressão mais sofisticada do desequilíbrio citado, Boaventura aponta, na modernidade, uma tensão permanente entre a subjetividade individual e individualista e a cidadania direta ou indiretamente reguladora e estatizante, e afirma que esta *só é susceptível de superação no caso de a relação entre a subjectividade e a cidadania ocorrer no marco da emancipação e não, como até aqui, no marco da regulação* (p. 240). Apontando a hegemonia da racionalidade instrumental e a hipertrofia do princípio do mercado como causas da liquidação do potencial emancipatório da modernidade, Boaventura critica a idéia marxista da realização da emancipação através da substituição do Estado pela classe operária como "sujeito monumental", o que leva também à redução das *especificidades individuais, que fundam a personalidade, a autonomia e a liberdade dos sujeitos individuais* (p. 242), à equivalência e à indiferença. Não sendo o primeiro nem o único a efetivar essa crítica, Boaventura abre com ela a possibilidade de pensar a subjetividade individual e coletiva de modo mais integrado e íntegro, o que tem fortes e relevantes conseqüências sobre o pensamento a respeito das necessidades e complexidades dos processos educativos.

Para pensar a questão da democracia e de uma possível nova teoria da democracia, Boaventura aponta, em primeiro lugar, a impossibilidade de determinar os rumos dos processos de transformação social. Assim, para que possam contribuir com a ampliação da democracia, eles devem ser processualmente democratizados. Isso significa que *a renovação da teoria democrática assenta, antes de mais, na formulação de critérios democráticos de participação política que não confinem esta ao acto de votar* (p. 270). A necessidade de uma nova articulação entre a democracia representativa e a democracia participativa exigirá, para ele, uma redefinição do campo do político, que foi reduzido na modernidade ao espaço da cidadania. Nas palavras do autor:

> A nova teoria democrática deverá proceder à repolitização global da prática social e o campo político imenso que daí resultará permitirá desocultar formas novas de opressão e de dominação, ao mesmo tempo em que criará novas oportunidades para o exercício de novas formas de democracia e de cidadania. [...] Politizar significa identificar relações de poder e imaginar formas práticas de as transformar em relações de autoridade partilhada (p. 271).

Isso significa que a ampliação da democracia passa pela superação dos autoritarismos que existem em todas as formas de relacionamento social, ou dito de outro modo, em todos os espaços estruturais de inserção social. Reconhecer o caráter político dessas relações sociais existentes em todos esses espaços-tempos coloca a exigência de que a luta pela democracia assuma a especificidade de cada um deles, portanto, de cada luta a ser travada. O objetivo é transformá-las, todas, de relações de poder em relações de autoridade partilhada. Cada um dos espaços estruturais[12] precisa ser entendido como um espaço político específico. Assim, Boaventura fecha a discussão sobre a nova teoria da democracia apontando como objetivo dela *alargar e aprofundar o campo político em todos os espaços estruturais da interação social*, considerando que isso requer uma imaginação social que inclua *novos exercícios de democracia, e novos critérios democráticos para avaliar as diferentes formas de participação política*. A necessidade de ampliação do conceito de cidadania *para além do princípio da reciprocidade e simetria entre direitos e deveres* (p. 276) está também subentendida nesse processo. A cidadania passa a ser identificada não só com a obrigação política vertical entre cidadãos e Estado mas também com uma obrigação política horizontal entre cidadãos, o que leva à revalorização do *princípio da comunidade e, com ele, a idéia de igualdade sem mesmidade, a idéia de autonomia e a idéia de solidariedade* (p. 278). Mais do que isso, a idéia de obrigação política horizontal e presente em todos os processos de interação social nos diferentes espaços estruturais pode ser considerada como uma das bases da construção da democracia social.

---

[12] Nesta obra, de 1995, Boaventura identifica e nomeia 4 espaços estruturais – o espaço da cidadania, o espaço doméstico, o espaço da produção e o espaço mundial – aos quais, no livro publicado em 2000, ele junta outros dois, o do mercado e o da comunidade. Esta última formulação está no Mapa de estrutura-ação das sociedades capitalistas que reproduzo no último capítulo deste livro.

No debate sobre a nova teoria da emancipação, Boaventura entende que a impossibilidade de determinar teleologicamente o que será o futuro, se inscreve nesta nova concepção como um alerta para os riscos que a sociedade contemporânea enfrenta e que nos levam a saber melhor o que não queremos do que o que queremos, formulando a idéia que culmina com a já referida idéia de que o socialismo é a democracia sem fim, evidenciando a indissociabilidade entre democracia e emancipação. Isso tudo porque

> a emancipação não é mais que um conjunto de lutas processuais, sem fim definido. O que a distingue de outros conjuntos de lutas é o sentido político da processualidade das lutas. Esse sentido é, para o campo social da emancipação, a ampliação e o aprofundamento das lutas democráticas em todos os espaços estruturais da prática social conforme estabelecido na nova teoria democrática acima abordada. (p. 277)

Assim, a precariedade das soluções emancipatórias que acompanharam a crise das formas regulatórias da modernidade vai exigir que a ida às raízes da crise da regulação se faça acompanhar da reinvenção não só do pensamento emancipatório como também da vontade de emancipação. Com base na análise das dificuldades encontradas em cada um dos espaços estruturais, Boaventura define, a partir do que ele chama de fragmentos pré-paradigmáticos, alguns campos de conflitualidade paradigmática e busca identificar os traços mais característicos do paradigma emergente. Abordarei aqui, no interesse deste livro, a área de conflito *conhecimento e subjetividade*.

Relembrando a formulação já referida aqui (Santos, 1985) de que todo conhecimento é autoconhecimento, Boaventura vai afirmar que, por isso, *o conflito epistemológico desdobra-se num conflito psicológico entre a subjectividade moderna e a subjectividade pós-moderna* (p. 328). Ele estabelece, primeiramente, que nos termos do novo paradigma,

> não há uma única forma de conhecimento válido. Há muitas formas de conhecimento, tantas quantas as práticas

sociais que as geram e sustentam. [...] Práticas sociais alternativas gerarão formas de conhecimento alternativas. Não reconhecer estas formas de conhecimento implica deslegitimar as práticas sociais que as sustentam e, nesse sentido, promover a exclusão social dos que as promovem. (ip. 328)

Esse processo de exclusão de formas de conhecimento não-científico se fez presente no processo de expansão européia, que incluiu muitos "epistemicídios", ou seja, aniquilamento ou subalternização, subordinação, marginalização e ilegalização de práticas e grupos sociais portadores de formas de conhecimento "estranhos", porque sustentadas por práticas sociais ameaçadoras. Considera o epistemicídio um dos grandes crimes cometidos contra a humanidade, por entender que ele significou

> um empobrecimento irreversível do horizonte e das possibilidades de conhecimento [...], o novo paradigma propõe-se revalorizar os conhecimentos e as práticas não hegemónicas que são afinal a esmagadora maioria das práticas de vida e de conhecimento no interior do sistema mundial. (p. 329)

Só através da instauração do que Boaventura chama de concorrência epistemológica leal entre os diferentes conhecimentos é que se poderá reinventar as alternativas de práticas sociais que poderão balizar a construção da democracia e as lutas emancipatórias, na medida em que isso permitiria superar a verticalidade e a hierarquia hoje predominante nas relações entre os diferentes conhecimentos. Considerando essa horizontalidade como ponto de partida e condição *sine qua non* da concorrência entre os conhecimentos, Boaventura relembra que o ponto de chegada não está pré-definido e argumenta que o conhecimento a ser produzido nesse processo depende do modo como se dará o processo argumentativo no interior das comunidades interpretativas. Ou seja, o grau de democraticidade do diálogo entre os diferentes conhecimentos interfere decisivamente na validação do conhecimento no novo paradigma. A especificidade do conteúdo ético de cada conhecimento também precisa ser reconhecida nesse processo.

Sempre e necessariamente vinculado a uma cultura e às práticas sociais que nela se desenvolvem, o conhecimento no novo paradigma vai rejeitar a idéia da intemporalidade das verdades, como preconizou o conhecimento científico e, com isso, é a idéia de evolução e de completude do conhecimento nele subentendida. O reconhecimento da contemporaneidade e da parcialidade intrínsecos das diferentes formas de conhecimento substitui o binômio selvagem/primitivo, civilizado/moderno pela identificação de processos de opressão e subordinação[13].

O novo paradigma suspeita também da distinção cientificista entre aparência e realidade. Com Schiller, entende que, na possibilidade de diferenciá-las, não necessariamente a aparência é o lado inferior do par. Considerando o conhecimento científico como conhecimento discursivo, o novo paradigma o remete à condição de ser parte das humanidades, descaracterizando a fronteira supostamente fixa e indelével *entre ciências naturais, sociais e humanidades, entre arte e literatura, entre ciência e ficção* (p. 332).

Por outro lado, e ainda com Schiller, tomando-se a preocupação do novo paradigma com a criação de alternativas, com a concorrência entre elas e com a formação de subjetividades capazes de lutar por elas, o novo paradigma vai reabilitar *os sentimentos e as paixões enquanto forças mobilizadoras da transformação social* (p. 332), buscando, com isso, alcançar a vontade individual e coletiva de lutar pelas alternativas.

No prosseguimento dessa idéia de invenção de alternativas e no que se refere à formação da nova subjetividade,

---

[13] Em um texto chamado, no Brasil, *O fim das descobertas imperiais* (2002) e publicado em várias versões com títulos diferentes, Boaventura desenvolve uma boa discussão a respeito dos modos como o capitalismo ocidental criou e subordinou seus outros: o selvagem, o oriente e a natureza.

outra questão se coloca. As novas alternativas de realização pessoal e coletiva só o serão, de fato, se puderem ser apropriadas por aqueles a quem se destinam. Ou seja, um conhecimento complexo, permeável a outros, local e articulável em rede com outros conhecimentos locais – eis uma idéia fundamental para a educação – exige uma subjetividade com características similares ou, pelo menos, compatíveis. A idéia de que somos redes de sujeitos produzidas nos modos como se articulam na nossa formação os diferentes modos de inserção social, já aqui referida, implica, ela mesma, o reconhecimento em uma subjetividade multidimensional, o que permite considerar a pluralidade de alternativas credíveis que ela pode comportar, em função das diferentes possibilidades engendradas em cada espaço-tempo estrutural e das composições entre elas. Os obstáculos são muitos, pois em cada um desses espaços-tempos há *habituses* de regulação, subordinação e conformismo aos quais é necessário opor quatro *habituses* de emancipação, insubordinação e revolta. No último capítulo discuto textos em que Boaventura desenvolve algumas dessas idéias, estabelecendo, na medida do possível, um diálogo sobre a função possível dos processos educativos na formação das subjetividades "pós-modernas".

A ampliação e a concretização das energias emancipatórias são condições apontadas por Boaventura como necessárias para o desenvolvimento dessas subjetividades. A ampliação repousa sobre a recuperação das dimensões subjugadas da racionalidade moderna – a racionalidade moral-prática e a racionalidade estático-expressiva – que leva ao alargamento da idéia de racionalidade para a de razoabilidade.

> Mas esta ampliação das energias emancipatórias só faz sentido se a sua extensão for igualada pela sua intensidade, se a energia emancipatória se souber condensar nos actos concretos de emancipação protagonizados por indivíduos ou grupos sociais.

Ou seja, o novo paradigma desconfia das abstrações e mergulha nas realidades múltiplas que a vida social comporta e pode comportar. Dessa confrontação entre o paradigma dominante e o paradigma emergente nos diferentes domínios fica, para a educação, uma importante lição a respeito da imaginação deste debate. Ele

> destina-se a desenvolver o campo das alternativas sociais e práticas e a convocar as instituições educacionais a participar activamente nessa tarefa ensinando e investigando por igual os paradigmas em confronto. (p. 346)

O desenvolvimento do campo das alternativas sociais, considerando a desigualdade entre os paradigmas, coloca a exigência de ampliação da credibilidade das alternativas bem como das possibilidades inscritas na realidade, mas ainda apenas potenciais, de formulação de outras práticas. É nesse sentido, creio eu, que se pode empreender o estudo do mais recente trabalho publicado por Boaventura e que constitui o próximo capítulo deste livro.

CAPÍTULO II

A SOCIOLOGIA DAS AUSÊNCIAS E A SOCIOLOGIA DAS EMERGÊNCIAS

Como resultado da reflexão teórica e epistemológica desencadeada pelo estudo de alternativas à globalização neoliberal e ao capitalismo global produzidas por entidades e movimentos de luta contra a exclusão e a discriminação, o trabalho de formulação da sociologia das ausências e da sociologia das emergências fundamenta-se em três das conclusões a que Boaventura (2004a) diz ter chegado a partir da pesquisa.

> Em primeiro lugar, a experiência social em todo o mundo é muito mais ampla e variada do que a tradição científica ou filosófica ocidental conhece e considera importante. Em segundo lugar, esta riqueza social está a ser desperdiçada. [...] Em terceiro lugar, [...] para combater o desperdício da experiência social, não basta propor um outro tipo de ciência social. Mais do que isso, é necessário propor um modelo diferente de racionalidade. (p. 778)

Essa idéia do desperdício da experiência já tinha sido assumida na obra *A crítica da razão indolente: contra o desperdício da experiência*, publicada no Brasil em 2000. Entretanto, apenas nesse texto de 2004, Boaventura faz efetivamente a crítica a essa forma de racionalidade e opõe a ela uma outra forma, que ele chama de razão cosmopolita, fundamentada em três procedimentos sociológicos, a saber: a sociologia das ausências, a sociologia das emergências e o trabalho de tradução. Acredito que o aproveitamento das discussões propostas por Boaventura para a reflexão educacional e para o desenvolvimento de alternativas pedagógicas emancipatórias ganha em força mediante o estudo e o uso desses procedimentos sociológicos. Para orientar a discussão, o autor assume três pontos de partida.

Em primeiro lugar, a compreensão do mundo excede em muito a compreensão ocidental do mundo. Em segundo lugar, a compreensão do mundo e a forma como ela cria e legitima o poder social têm muito a ver com concepções do tempo e da temporalidade. Em terceiro lugar, a característica mais fundamental da concepção ocidental de racionalidade é o fato de, por um lado, contrair o presente e, por outro, expandir o futuro (p. 779).

A racionalidade cosmopolita proposta por Boaventura pretende reverter essa lógica, entendendo que se faz necessário expandir o presente no sentido de criar as condições para o conhecimento e a valorização da *inesgotável experiência social que está em curso no mundo de hoje* (p. 779). Ou seja, a razão cosmopolita volta-se contra o desperdício da experiência promovido pela razão indolente. A esse procedimento Boaventura chama de sociologia das ausências, um método sociológico que permite (des)cobrir existências invisibilizadas pelo cientificismo moderno, que se permitiu considerar inexistente ou negligenciável tudo aquilo que não se encaixava no seu modelo de racionalidade. Uma vez conhecida a vastidão de experiências em curso na contemporaneidade, a possibilidade de compreendê-las em sua diversidade requer não mais uma teoria geral, mas a possibilidade de tradução, que crie uma inteligibilidade mútua entre as experiências de modo a não lhes destruir a identidade. Quanto à contração do futuro, a idéia de Boaventura é a redução das expectativas radiosas, consideradas possíveis, mesmo quando incompatíveis com as experiências do presente, a partir da idéia da planificação da história e da concepção linear do tempo. A esse procedimento o autor chama sociologia das emergências.

Para desenvolver sua crítica à razão indolente, Boaventura começa por caracterizá-la e aponta quatro características fundadoras. A razão indolente seria, primeiramente, uma razão impotente, na medida em que não se exerce porque nada pode fazer contra necessidades que entende como exteriores a ela. Em segundo lugar, é uma razão arrogante, que não se exerce porque, sendo inteiramente livre, não precisa exercer-se para mostrar sua liberdade. É, ainda, uma razão metonímica, ou seja, percebe-se como a única forma de racionalidade possível, entendendo a sua parcialidade como totalidade. Mesmo presidindo o debate sobre as duas culturas nos anos 1960, a razão metonímica ainda se considerava uma totalidade, ainda que menos monolítica. Porém, o aprofundamento do debate com a epistemologia feminista, os estudos culturais e os estudos sociais da ciência trouxeram a pulverização dessa suposta totalidade. Mesmo que a ciência se considerasse multicultural, ela manteve fora do debate, tanto quanto possível, os saberes não-científicos não-filosóficos e, sobretudo, os não-ocidentais.

Finalmente, a razão indolente é uma razão proléptica, que acha que já sabe o futuro e, por isso abdica de pensá-lo. Entende o futuro como superação linear e automática do presente, contínuo e previsível. O questionamento da idéia linear de progresso surgiu a partir das teorias da complexidade e do caos, e de suas idéias de entropia e catástrofe, ainda sem nenhuma alternativa como resultado.

Apesar dessas críticas, a razão indolente, em suas quatro formas de manifestação, continua dominando os debates. Entretanto, a resistência dessa racionalidade à mudança e sua capacidade de transformar interesses hegemônicos em conhecimentos verdadeiros (p. 781) explicam, para Boaventura, a não-reestruturação do conhecimento. Para tornar essa reestruturação possível, é preciso desafiar a razão indolente, o que o autor faz através da crítica às formas dessa razão que considera fundacionais: a razão metonímica e a razão proléptica.

A crítica da razão metonímica e a sociologia das ausências

A primazia do todo sobre as partes, subentendida na própria idéia de totalidade pela qual, segundo Boaventura, a razão metonímica é obcecada, leva à convicção de que há apenas uma lógica que governa os comportamentos, tanto do todo quanto de cada uma de suas partes, e à homogeneização todo/parte. Assim, a existência de cada parte é entendida apenas e sempre em referência ao todo que a inclui, e qualquer variação é entendida como particularidade. A razão metonímica vê na dicotomia a forma mais acabada de totalidade porque combina a simetria com a hierarquia. Contrariamente ao que pensa a razão metonímica, Boaventura vai entender que o todo é menos e não mais que o conjunto das partes na medida em que ele é uma delas transformada em referência[1]. Por isso, todas as dicotomias sufragadas pela razão metonímica contêm uma hieraquia. Sem ser novidade, a importância de assinalar este fato está nas suas duas principais conseqüências.

> Em primeiro lugar, como não existe nada fora da totalidade que seja ou mereça ser inteligível, a razão metonímica afirma-se uma razão exaustiva, exclusiva e completa. [...] A razão metonímica não é capaz de aceitar que a compreensão do mundo é muito mais do que a compreensão ocidental do mundo. Em segundo lugar, para a razão metonímica nenhuma das partes pode ser pensada fora da relação com a totalidade. [...] Assim, não é admissível que qualquer das partes tenha vida própria para além da que lhe é conferida pela relação dicotômica e muito menos que possa, além de parte, ser outra totalidade. (p. 782-783)

Desse modo, mais do que uma compreensão limitada do mundo, a razão metonímica tem uma compreensão

---

[1] Pode-se observar aqui uma semelhança de lógica com o trabalho de Boaventura sobre as formas da globalização em que ele defende a idéia de que saberes e hábitos chamados de globais são tão-somente localismos globalizados, ou seja, são modos culturais próprios daqueles que têm o poder de se impor ao restante do planeta.

limitada de si mesma, o que torna paradoxal sua preponderância sobre outras formas de racionalidade. A conclusão de Boaventura é que a razão metonímica, por ser insegura quanto aos seus fundamentos, não se insere no mundo pela retórica nem pela argumentação; ela não dá razões de si, impõe-se pela eficácia de sua imposição, que se manifesta *pela dupla via do pensamento produtivo e do pensamento legislativo; em vez da razoabilidade dos argumentos e do consenso que eles tornam possível, a produtividade e a coerção legítima* (p. 784).

A partir dessa convicção e recuperando o pensamento de Benjamin a respeito do paradoxo que domina a vida no ocidente – que é o fato de a riqueza dos acontecimentos se traduzir em pobreza da nossa experiência, e não em riqueza, na medida em que a transformação do mundo com base na razão metonímica, desacompanhada que foi de uma compreensão adequada deste, levou à destruição e ao silenciamento dos povos e das culturas externos submetidos a ela. Percebe-se, nesta passagem, uma outra forma de alusão ao que, em outros momentos, Boaventura classificou de epistemicídio. Impossibilitada de dialogar com outras formas de conhecer e compreender o mundo devido aos limites do seu próprio pensamento sobre o mundo e sobre si mesma, a razão metonímica, à falta de argumentos, impôs-se coercitivamente, através do não-reconhecimento e do silenciamento delas, invisibilizando-as, como se verá mais adiante.

Outro paradoxo vem-se juntar a esse no desenvolvimento da idéia de Boaventura. É o fato de a vertigem das mudanças se transmutar freqüentemente numa sensação de estagnação. Esse paradoxo estaria associado à redução do tempo presente *a um instante fugaz entre o que já não é e o que ainda não é. Com isso, o que é considerado contemporâneo é uma parte extremamente reduzida do simultâneo* (p. 785). Ou seja, muito do que existe como experiência na contemporaneidade deixa de ser considerado existente e é tido como passado. Assim, conclui o autor, a contracção do presente esconde assim a maior parte da riqueza inesgotável do das experiências sociais no mundo. Benjamin identificou o problema mas não as suas causas. A pobreza da experiência não é expressão de uma carência, mas antes a expressão de uma arrogância, a arrogância de não se querer ver e muito menos valorizar a experiência que nos cerca, apenas porque está fora da razão com que a podemos identificar e valorizar. (idem)

Recuperar a experiência desperdiçada, ampliando o mundo pela ampliação do presente requer, portanto, a crítica da razão metonímica porque só através de um novo espaço-tempo, que pressupõe uma outra razão, será possível identificar e valorizar a riqueza inesgotável do mundo.

Antes de dar continuidade ao desenvolvimento desta idéia no texto de Boaventura, creio ser necessário assinalar a importância dela para a pesquisa em educação e para o próprio processo educativo. Identificar e valorizar outros modos de pensar e de estar no mundo – para além daquilo que a razão metonímica, com suas dicotomias e sua necessidade de ordem, percebe e aceita como existente – são atitudes fundamentais. Para compreender o que de fato acontece nos processos educacionais que escapa aos modelos pedagógicos e propostas curriculares oficiais, é preciso considerar como formas de saber/fazer/pensar/sentir/estar no mundo válidas, tudo aquilo que a escola tem sido levada a negligenciar em nome da primazia do saber científico e da cultura ocidental branca e burguesa sobre os/as demais. É fundamental, para podermos entender tudo o que está nas escolas e na vida dos alunos e que vai além dessa racionalidade, que não compreendamos como desvio ou erro os acontecimentos não-enquadráveis naquilo que a razão metonímica permite enquadrar, recuperando a riqueza da vida real para além deles.

Essas idéias e os procedimentos que as permitirão florescer fazem parte do processo de tornar a escola um ambiente mais plural, mais integrado às diferentes culturas de origem dos alunos e professores, da criação de uma interlocução entre crenças, conhecimentos e modos de estar no mundo diferentes, fundamentados não na superioridade de uns sobre outros, mas em um diálogo entre os diferentes, que permita a superação da hierarquização e das verdades únicas, da segregação excludente e dos traumas e problemas a ela associados, seja na escola, seja na sociedade em geral.

Caberá à sociologia das ausências proceder a essa dilatação do presente assentada em dois procedimentos que questionam a razão metonímica. *O primeiro consiste na proliferação das totalidades [...] [e] o segundo consiste em mostrar que qualquer totalidade é feita de heterogeneidade e que as partes que a compõem têm uma vida própria fora dela* (p. 786). A idéia fundadora dos dois procedimentos é que as partes de uma totalidade podem ser pensadas como totalidades em potencial e, mais do que isso, como partes de outras totalidades para além das dicotomias hegemônicas, nas quais a razão metonímica as aprisionou, reconhecendo que, embora de modo tornado invisível, esses fragmentos *têm vagueado fora dessa totalidade como meteoritos perdidos no espaço da ordem e insusceptíveis de serem percebidos e controlados por ela* (p. 786). A sociologia das ausências é, portanto,

> uma investigação que visa demonstrar que o que não existe é, na verdade, activamente produzido como não existente, isto é, como alternativa não-credível ao que existe. O seu objecto empírico é considerado impossível à luz das ciências sociais convencionais, pelo que a sua simples formulação representa já uma ruptura com elas. O objectivo da sociologia das ausências é transformar objectos impossíveis em possíveis e com base neles transformar as ausências em presenças. (p. 786)

Reconhecendo uma pluralidade de modos de produção da não-existência pela razão metonímica, Boaventura vai distinguir cinco lógicas – ou modos de produção da não-existência – unidas pelo fato de serem todas elas manifestações de uma monocultura racional e entendendo que *há produção de não-existência sempre que uma dada entidade é desqualificada e tornada invisível, ininteligível ou descartável de um modo irreversível* (p. 787).

As não-existências produzidas são, portanto, formas sociais de inexistência, partes desqualificadas de totalidades homogêneas, que são também totalidades excludentes. Sua superação exige que se ponha em questão cada uma dessas lógicas. Para cada um dos modos de produção da não-existência, a sociologia das ausências procura revelar a diversidade e a multiplicidade das práticas sociais e credibilizar esse conjunto. Essa idéia de multiplicidade e de relacionamento não-destrutivo entre os agentes que a compõem é dada pelo conceito de ecologia, que constitui, para Boaventura, a superação da lógica monocultural da razão metonímica e permite a constituição desse relacionamento horizontalizado entre as diferentes possibilidades de cada campo cultural e de presentificação dos ausentes.

> Comum a todas estas ecologias é a idéia de que a realidade não pode ser reduzida ao que existe. Trata-se de uma versão ampla de realismo, que inclui as realidades ausentes por via do silenciamento, da supressão e da marginalização, isto é, as realidades que são activamente produzidas como não existentes. (p. 793)

Um último alerta antes da apresentação do quadro explicativo dos cinco modos de produção da não-existência – desenvolvido ao longo do estudo que fiz sobre a sociologia das ausências com meu grupo de pesquisa e que foi devidamente submetido ao autor – aparece na sua conclusão, onde se percebe mais uma vez a indissociabilidade defendida ao longo de toda sua obra entre o campo do político e o do epistemológico. Diz Boaventura que, para ser levado a cabo, o exercício da sociologia das ausências exige imaginação sociológica e distingue dois tipos de imaginação:

> a imaginação epistemológica e a imaginação democrática. A imaginação epistemológica permite diversificar os saberes, as perspectivas e as escalas de identificação, análise e avaliação das práticas. A imaginação democrática permite o reconhecimento de diferentes práticas e actores sociais (idem).

	Cultura	Lógica	O que é	Não-existência produzida	Superação	Procedimento
1	monocultura do saber	do saber formal	a ciência moderna e a alta cultura como critérios únicos de verdade.	ignorância	Ecologia dos saberes (transformação da ignorância em saber aplicado)	Identificar contextos e práticas em que cada saber opera e supera a ignorância. (saber aplicado)
2	monocultura do tempo linear	do progresso do desenvolvimento	a história tem sentido único e conhecido para melhor	tradicional residual subdesenvolvido atrasado	Ecologia das temporalidades (relativização do tempo Linear, valorização de outras temporalidades)	Libertar as práticas sociais de seu estatuto de resíduo, multitemporalidade da sociedade.
3	monocultura da naturalização das diferenças	da estratificação social	distribuição da população pelas categorias que naturalizam hierarquias	"inferioridade"	Ecologia dos "reconhecimentos" (as diferenças subsistem sem hierarquia, sem desigualdades)	Nova articulação entre o princípio da igualdade e o da diferença, reconhecimentos recíprocos.
4	cultura da universalidade	da escala global	a escala adotada como primordial determina a irrelevância das outras	particular local	Ecologia das trans-escalas (ampliação da diversidade de práticas sociais de modo a oferecer alternativas ao globalismo localizado)	Desglobalização conceitual do local para identificar o que não foi integrado na globalização hegemônica, favorecendo a globalização contra-hegemônica.
5	monocultura do produtivismo	da produtividade capitalista	o objetivo racional da sociedade é o crescimento econômico infinito	improdutividade esterilidade	Ecologia de produtividade (formas de produção; recuperação da credibilidade dos objetivos de distribuição)	Recuperação e valorização dos sistemas alternativos de produção.

Venho comparando a sociologia das ausências ao trabalho arqueológico na medida em que os procedimentos que lhes são característicos se constituem através de um processo de descoberta e tentativa de compreensão e incorporação de algo já existente, mas cuja existência era anteriormente ignorada. Do mesmo modo que o arqueólogo, a cada descoberta, repensa e redesenha o anteriormente sabido sobre a civilização que pesquisa pela incorporação epistemológica e social da "novidade", o "sociólogo das ausências", mediante uma "arqueologia das existências invisíveis", busca superar, através da instauração de diferentes ecologias, cada forma de não-existência e de monocultura a ela associada. Para isso, precisa adotar procedimentos que, sendo específicos a cada não-existência, têm em comum a visibilização daquilo que a razão metonímica escondeu.

No que se refere à monocultura do saber – que pressupõe a ciência moderna e a alta cultura como critérios únicos de verdade, presidida, portanto, pela lógica do saber formal, que produz a ignorância como forma de não-existência –, a superação estaria no desenvolvimento de uma *ecologia de saberes* pela transformação da ignorância em saber aplicado. O exercício da sociologia das ausências estaria no trabalho de identificação de contextos e práticas em que os diferentes saberes se tornam operantes, superando, através da sua aplicação, a ignorância com a qual eram anteriormente identificados. Vemos aqui a retomada de duas idéias já discutidas neste livro. A monocultura aqui identificada poderia ser entendida como a origem e a fonte de legitimação dos epistemicídios cometidos pela modernidade. Por outro lado, o procedimento de superação e a instauração da ecologia de saberes parecem repousar sobre a idéia – que apresentamos no capítulo 1, integra o *Discurso sobre as ciências* (1985) e é desenvolvida ao longo de toda a sua obra – de que

> não há, pois, nem ignorância em geral nem saber em geral. Cada forma de conhecimento reconhece-se num certo tipo de saber a que contrapõe um certo tipo de ignorância,

a qual, por sua vez, é reconhecida como tal quando em confronto com esse tipo de saber. Todo saber é saber sobre uma certa ignorância e, vice-versa, toda a ignorância é ignorância de um certo saber. (SANTOS, 2000, p. 78)

Quanto à monocultura do tempo linear – que pressupõe que a história tem um sentido único e conhecido para melhor, dando origem à lógica do progresso e do desenvolvimento – a não-existência produzida é o residual, tradicional, atrasado ou subdesenvolvido. Aqui, trata-se de desenvolver uma *ecologia das temporalidades*, uma relativização do tempo linear e a valorização de outras temporalidades através de um procedimento de libertação das práticas sociais do seu estatuto de resíduo pelo reconhecimento da multitemporalidade constitutiva da sociedade. Ou seja, pela visibilização dessas diferentes práticas, não mais como localizáveis numa escala evolutiva. e sim como modos diferenciados de se estar no mundo.

Essa idéia também se faz presente em outros momentos da obra de Boaventura, nos quais ele não só aponta essa diferenciação, mas a identifica como potencialmente favorável à superação dos erros cometidos pela modernidade em nome do progresso e do desenvolvimento. Em *Pela mão de Alice* (1995), ele identifica, em formas de racionalidade e de sociabilidade tidas como pré-modernas, um potencial importante de contribuição para a superação dos problemas criados pela busca moderna do desenvolvimento e do progresso através da crença em uma *racionalidade global da vida social* única, que acabou por gerar o que Boaventura chama de irracionalidade global (p. 102). Características *pré-pós-modernas* (p. 99) de sociedades supostamente menos desenvolvidas – em que os espaços-tempos de inserção social e suas lógicas constitutivas seriam menos colonizados pelo sistema instaurado com a modernidade – teriam, exatamente por isso, um potencial melhor de promoção da solução dos problemas sociais e políticos enfrentados na contemporaneidade. Ou seja, tornar visíveis as práticas sociais tidas como pré-modernas, valorizando-as, seria uma forma de contribuir para o enfrentamento dos problemas do nosso tempo, ou melhor, dos nossos tempos.

Em terceiro lugar, temos a monocultura da naturalização das diferenças produzindo a inferioridade, seguindo a lógica da estratificação social na qual as populações são distribuídas pelas categorias que naturalizam as hierarquias entre elas. A ecologia dos reconhecimentos repousaria sobre diferenças não hierarquizadas, não tornadas desiguais, como dizia o velho slogan do feminismo. E seria tornada possível através de uma nova articulação entre o princípio da igualdade e o da diferença e de reconhecimentos recíprocos. Aqui também temos referências importantes à obra anterior de Boaventura, notadamente a um texto de 1999, chamado *A Construção multicultural da igualdade e da diferença*, publicado como Oficina do CES. Nesse texto, ele desenvolve a idéia de que, na modernidade, pela primeira vez, *"a igualdade, a liberdade e a cidadania são reconhecidos como princípios emancipatórios da vida social"* (p. 1), alertando que, com a redução da modernidade ao desenvolvimento capitalista (da qual acabamos de falar no item anterior), os princípios da regulação e da emancipação – base da modernidade – entram em contradição na medida em que o princípio da regulação passa a gerir os próprios processos de desigualdade e de exclusão gerados pelo capitalismo. Assim, em meio a um amplo debate sobre os processos de emancipação e regulação social característicos da modernidade e das possibilidades e necessidades de reinvenção e ampliação da própria idéia de democracia, ele desenvolve uma discussão em torno da questão da igualdade/diferença, chegando a uma conclusão final que é, para mim, uma de suas mais bonitas e pungentes formulações.

> ... temos o direito a ser iguais sempre que a diferença nos inferioriza; temos o direito a ser diferentes sempre que a igualdade nos descaracteriza. (Santos, 1999, p. 62)

A quarta monocultura referida por Boaventura é a da universalidade, que, através da adoção da lógica da escala global como primordial, determinando a irrelevância das outras, leva à produção da inexistência do local e do particular. Caberia à sociologia das ausências confrontar essa lógica através da recuperação do que, no local, não é efeito da globalização hegemônica, o que exigiria uma desglobalização conceptual do local de modo a identificar o que não foi integrado na globalização hegemônica, ou seja, tudo aquilo que existe – para além dos globalismos localizados – que é o impacto da globalização hegemônica no local. A superação estaria no que ele chama de ecologia das transescalas, que significaria uma ampliação da diversidade de práticas sociais que se configurasse como alternativas ao globalismo localizado característico da globalização hegemônica, tecendo, por isso, a possibilidade de uma globalização contra-hegemônica.

Ao apontar a necessidade do exercício da imaginação cartográfica para ver as diferentes escalas, o que elas mostram e o que elas ocultam, Boaventura recupera uma importante discussão que desenvolve em obra anterior (2000). Entendendo os mapas como um dos modos de imaginar e representar o espaço, explica que eles *são distorções reguladas da realidade, distorções organizadas de territórios que criam ilusões credíveis de correspondência* (p. 198). Boaventura acrescenta que o objetivo dessas distorções é instituir a orientação. Essas distorções são reguladas por *mecanismos e operações determinados e determináveis* (p. 199), obedecendo, portanto, a regras e procedimentos que não são arbitrários.

Já se referindo às escalas como uma das formas através das quais os mapas distorcem a realidade (as outras são a projeção e a simbolização), Boaventura cita Monmonier. Este afirma que a escala é "a relação entre a distância no mapa e a correspondente distância no terreno". Nesse sentido, a escolha da escala

> implica uma decisão sobre o grau de pormenorização da representação. Os mapas de grande escala têm um grau mais elevado de pormenorização que os mapas de pequena escala porque cobrem uma área inferior à que é

coberta, no mesmo espaço do desenho, pelos mapas de pequena escala (SANTOS, 1999, p. 201-202).

Podemos, então, dizer que um mapa desenhado em pequena escala nos mostra pouco de uma área grande, enquanto, ao contrário, um mapa de grande escala divulga muito de uma pequena área selecionada. Isso significa dizer que, como versões miniaturizadas do real, os mapas *envolvem sempre uma decisão sobre os detalhes mais significativos e suas características mais relevantes* (p. 202). Nesse sentido, a pequena e a grande escala se complementam como formas de compreensão do mundo social, e permitem, a cada um, a percepção de alguns aspectos, trazendo, com isso, a ocultação de outros. São fruto de escolha sobre o que consideramos mais ou menos relevante em determinada situação. Considerando que as escolhas de visibilidade não anulam a existência daquilo que tornam invisível, é a utilização simultânea de diferentes escalas que vai permitir a superação da invisibilidade do local e do particular. A importância dessa ecologia das trans-escalas se manifesta na possibilidade que ela favorece de se pensar a globalização contra-hegemônica.

Assim, ainda com relação a esta quarta lógica de produção ativa da não-existência, é importante registrar que, no primeiro volume de uma série de oito livros produzidos a partir de pesquisa sobre a globalização[2] desenvolvida em sete áreas temáticas, intitulado "Globalização: fatalidade ou utopia"[3], Boaventura esclarece sua concepção a respeito dos processos de globalização. Defende a idéia de que *as características dominantes da globalização são as características*

---

[2] O Projeto, financiado pela Fundação para a Ciência e a Tecnologia e pela Fundação Calouste Gulbenkian, chamava-se "A sociedade portuguesa perante os desafios da globalização: modernização econômica, social e cultural".

[3] A publicação deste volume no Brasil mudou-lhe o título para A Globalização e as ciências sociais (São Paulo: Cortez, 2002), porque os outros volumes não foram publicados aqui, porém nada foi alterado no conteúdo.

da globalização dominante ou hegemônica (p. 34) e estabelece uma distinção, para ele fundamental, entre globalização hegemônica e globalização contra-hegemônica.

Diferencia, na apresentação dos seus aspectos dominantes, a globalização econômica, relacionando-a ao neoliberalismo e à concentração de poder econômico por ele gerada, da globalização social, da globalização política e da globalização cultural. Vê a globalização social como um fenômeno que vem ampliando as desigualdades sociais. Aponta, quando trata da globalização política, a questão da crise do Estado-nação e a noção de Estado mínimo que acompanha a crescente prevalência do princípio do mercado sobre o do Estado. Com relação à globalização cultural, entende que é preciso questionar a expressão, por identificar mais uma ocidentalização do mundo do que qualquer outra coisa no processo, considerando que *os valores, os artefactos culturais e os universos simbólicos que se globalizam são ocidentais* (p. 51).

Questionando sua própria apresentação das facetas dominantes da globalização, por considerá-la omissa a respeito da teoria da globalização que lhe subjaz, Boaventura vai reafirmar sua idéia de que a globalização não é um fenômeno monolítico, linear e inequívoco e que o uso do termo tem duas faces político-ideológicas importantes – as falácias do determinismo e do desaparecimento do Sul –, assumindo um posicionamento que permite perceber como, para ele, os diferentes modos de produção da invisibilidade/inexistência são indissociáveis uns dos outros, assim como considerou antes a interpenetração entre os diferentes espaços estruturais, o enredamento das diferentes dimensões constitutivas das redes de sujeitos que cada um de nós é ou, ainda, a indissociabilidade entre o político e o epistemológico na constituição do novo paradigma de conhecimento.

> Tanto a falácia do determinismo como a falácia do desaparecimento do Sul têm vindo a perder credibilidade à medida que a globalização se transforma num campo de contestação social e política. Se para alguns ela continua a

> ser considerada como o grande triunfo da racionalidade, da inovação e da liberdade capaz de produzir progresso infinito e abundância ilimitada, para outros ela é anátema, já que no seu bojo transporta a miséria, a marginalização e a exclusão da grande maioria da população mundial, enquanto a retórica do progresso e da abundância se torna realidade apenas para um clube cada vez mais pequeno de privilegiados. (p. 59)

A discussão sobre o progresso reemerge bem como o debate em torno dos processos de produção e legitimação da estratificação social, da desigualdade e da exclusão. Considerando a base científica e tecnológica da preponderância do Norte/Ocidente sobre o Sul/Oriente e da identificação do progresso com a racionalidade, também a questão da preponderância da lógica do saber formal se faz presente e associada à do tempo linear. Penso ser desnecessário esclarecer por que a lógica do produtivismo capitalista, da qual trataremos em seguida, está presente na reflexão acima.

Antes de chegar ao debate em torno da monocultura do produtivismo, é preciso concluir a apresentação da discussão sobre a globalização, trazendo a distinção que mais interessa ao debate sobre a necessidade de desglobalização conceitual do local como meio de contribuir para o fortalecimento da globalização contra-hegemônica.

Ao distinguir a globalização hegemônica da contra-hegemônica, Boaventura procura superar a idéia de que a luta contra o atual processo de globalização estaria na localização auto-assumida, como pretendem alguns autores. Assume, como modos de produção da globalização hegemônica, os localismos globalizados – processos nos quais um fenômeno local é transformado em global – e os globalismos localizados – *impacto específico nas condições locais produzido pelas práticas e imperativos transnacionais que decorrem dos localismos globalizados* (p. 71). A esses dois modos opõe outros dois – o cosmopolitismo e o patrimônio comum da humanidade – que considera como modos de produção da globalização contra-hegemônica.

[O cosmopolitismo] trata da organização transnacional da resistência de Estados-nação, regiões, classes ou grupos sociais vitimizados pelas trocas desiguais. [...] A resistência consiste em transformar trocas desiguais em trocas de autoridade partilhada, e traduz-se em lutas contra a exclusão, a inclusão subalterna, a dependência, a desintegração, a despromoção. (p. 72-73)

Quanto ao patrimônio comum da humanidade, Boaventura o descreve como um conjunto de *lutas transnacionais pela protecção e desmercadorização de recursos, entidades, artefactos, ambientes considerados essenciais para a sobrevivência digna da humanidade e cuja sustentabilidade só pode ser garantida à escala planetária* (p. 75), tal como as lutas ambientais. São lutas que *se referem a recursos que, pela sua natureza, têm de ser geridos por outra lógica que não a das trocas desiguais* (p. 76). Ou seja,

o cosmopolitismo e o patrimônio comum da humanidade constituem globalização contra-hegemônica na medida em que lutam pela transformação de trocas desiguais em trocas de autoridade partilhada. Essa transformação tem de ocorrer em todas as constelações de práticas, mas assumirá perfis distintos em cada uma delas.

Um dos aspectos da globalização contra-hegemônica leva ao encontro da quinta e última monocultura identificada por Boaventura como alvo da sociologia das ausências, a do produtivismo. Seguindo a lógica da produtividade capitalista fundada no paradigma do desenvolvimento e do crescimento econômico, com primazia dos processos de acumulação sobre os de distribuição, a monocultura da produtividade capitalista oculta e descredibiliza as formas de produção não-capitalista, considerando-as produtoras de improdutividade ou de esterilidade por obedecerem a outras lógicas. Assim, a credibilização dos objetivos de distribuição seria viabilizada através de procedimentos de recuperação e valorização dos sistemas alternativos de produção, reconstruindo-os e retirando-os da subalternidade à qual foram relegados, promovendo o que o autor chama de ecologia de produtividade ou de formas de produção.

De certa forma, pode-se dizer que a sociologia das ausências foi efetivamente praticada pelo autor e seus colegas pesquisadores envolvidos no projeto de pesquisa que deu origem ao texto com base no qual estamos trabalhando. Dos sete livros a que o projeto deu origem, podemos associar, pelo menos quatro à busca da superação das inexistências produzidas pela razão metonímica e sua preponderância sobre outras formas de racionalidade. O volume 2, *Produzir para viver: os caminhos da produção não-capitalista* (Rio de Janeiro: Civilização Brasileira, 2002), apresenta experiências de produção não-capitalista nos diferentes países em que a pesquisa aconteceu. O volume 3, *Reconhecer para libertar: os caminhos do cosmopolitismo multicultural* (idem), traz diferentes lutas desenvolvidas por alguns segmentos sociais e populações com vistas à superação da inferioridade que lhes foi historicamente atribuída. O volume 4, *Semear outras soluções: os caminhos da biodiversidade e dos conhecimentos rivais* (Rio de Janeiro: Civilização Brasileira, 2005), como o nome deixa claro, defende conhecimentos práticos sobre diferentes temas que vêm sendo atuantes na luta pela preservação ambiental. Finalmente, o volume 6, *As vozes do mundo* (no prelo), traz narrativas e práticas de líderes de diferentes movimentos sociais, representantes de culturas distintas e residentes em países diferentes, evidenciando a busca de ruptura com a monocultura da universalidade e visibilizando o particular e o local.

Se, aparentemente, não foi encontrada uma correspondência para a temática da ecologia das temporalidades, creio ser possível afirmar que a superação da lógica do progresso está inclusa no conjunto desses volumes na medida em que a superação dessa idéia pela de vida decente, amplamente discutida pelo autor e aqui apresentada em capítulo próprio (o segundo), é um dos fundamentos da necessidade de todas essas outras superações e a ampliação da democracia, da qual trata o volume 1 dessa coleção, *Democratizar a democracia: os caminhos da democracia participativa* (2002), se inscreve de modo inequívoco na criação dessa vida decente. Ou seja, a indissociabilidade entre as dimensões do político e do epistemológico aparece sob nova forma, dessa vez através da coerência entre o discurso do pesquisador e a sua prática de pesquisa, evidenciando a busca de Boaventura pela tessitura de uma rede de subjetividades crescentemente democráticas.

A arqueologia das existências invisíveis na educação e na pesquisa

De alguma forma, todos esses procedimentos permitem duas associações principais com a questão educacional. A primeira é o seu uso metodológico na pesquisa em educação, visando permitir a presentificação de tudo aquilo que os processos metodológicos das pesquisas inspiradas na razão metonímica vêm ocultando e tornando invisível e que constitui quase toda a existência cotidiana real das escolas. Fundado na ciência moderna, na absolutização do saber formal como única forma de saber e na crença de que cabe à escolarização 'elevar' o educando da 'cultura popular' à alta cultura, o modelo de escola dominante promove a inferiorização discriminatória dos diferentes, universalizando particularismos tanto na estruturação dos programas e conteúdos de ensino quanto na estruturação do próprio sistema, evidenciando seu comprometimento com o projeto capitalista de progresso através do desenvolvimento ilimitado possível através da melhoria de produtividade pela ampliação da acumulação. Esse modelo de escola, herdado da modernidade capitalista, ocidental, burguesa tem sido a única referência de pesquisas que, mesmo voltadas à crítica do modelo de escola, vêm negligenciando tudo o que existe nelas por aderirem metodologicamente aos fundamentos que pretendem criticar, professando uma fé infinita na ciência moderna, na sua objetividade, na sua neutralidade e, sobretudo, na sua capacidade de oferecer respostas satisfatórias aos problemas sobre os quais se debruça. Ou seja, evidenciando sua incapacidade de auto-conhecimento.

Assim, o uso metodológico da sociologia das ausências na pesquisa em educação leva à necessidade de mergulhar nos mundos nela existentes tornados invisíveis pelos estudos dos modelos escolares e educativos. Assim, as possibilidades de ampliação da visibilidade das práticas/existências escolares/educativas não-oficiais repousam sobre a identificação dessas práticas, diante da possibilidade de libertá-las do lugar de inexistência e inferioridade à qual vêm sendo relegadas devido à sua pouca cientificidade, à rearticulação dos diferentes aspectos da complexidade vivida nas escolas, à valorização, enfim, das singularidades e das formas alternativas de estar no mundo, de compreendê-lo, de senti-lo.

Buscando legitimar modos contra-hegemônicos de produção de práticas educativas no sentido de credibilizar o saber-fazer que habita os espaços educativos como potencial contribuição às possibilidades de emancipação social, tanto no sentido do processo educativo em si, quanto no sentido mais amplo de uma possível contribuição da escola à transformação social democratizante, a adoção metodológica dos procedimentos inerentes à sociologia das ausências parece, mais do que relevante, fundamental.

Em segundo lugar, os aspectos epistemológicos dessa sociologia trazem uma necessária reflexão a respeito dos conteúdos escolares em si e da própria estrutura da escola, conforme referido acima, das hierarquias que eles seguem e definem, das exigências de ordem que a eles se associam, bem como sobre os valores subliminares que difundem através de sua suposta cientificidade. A fim de evitar repetições desnecessárias e acreditando que as evidências esparramadas nesse texto a respeito dos fundamentos e das novidades epistemológicas presentes na sociologia das ausências, fecho esta reflexão apontando-a como possível base político-epistemológica para pensarmos o próprio projeto educativo emancipatório, na medida em que desenha caminhos possíveis da luta contra a dominação social e evidencia alguns dos aspectos possíveis da ação pedagógica com vistas à ampliação da democracia social, pela multiplicação de práticas tornadas visíveis através da prática dessa "arqueologia das existências invisíveis" em diferentes universos escolares. A essa multiplicação associamos a noção de *sociologia das emergências*.

A crítica da razão proléptica e a sociologia das emergências

A concepção de futuro com base na monocultura do tempo linear e sua pressuposição de que a história tem um sentido único, o do progresso sem limites, instaura um futuro infinito, porém sempre igual ao que traz à luz a indolência da razão proléptica, a de supor já sabido o futuro e, por isso, abdicar de pensá-lo. A crítica da razão proléptica tem, portanto, o objetivo de contrair o futuro tornando-o escasso, logo, objeto de cuidado.

> A sociologia das emergências consiste em substituir o vazio do futuro segundo o tempo linear (um vazio que tanto é tudo como é nada) por um futuro de possibilidades plurais e concretas, simultaneamente utópicas e realistas, que se vão construindo no presente através de actividades de cuidado. (p. 794)

Creio estar na idéia de que o futuro precisa ser construído e que essa construção de possibilidades plurais e concretas se faz no presente, através das atividades individuais, uma grande contribuição da sociologia das emergências para se pensar a ação político-educativa e seu papel social. Se, ao contrário da perspectiva determinista, assumimos que das ações dos sujeitos sociais depende o futuro deles mesmos e da sociedade, temos que conceber a educação como uma ação voltada para a formação de sujeitos sociais capazes e interessados em "cuidar" para que o futuro seja melhor do que o presente. Por outro lado, é preciso a consciência de que, ao deixar de ser um prosseguimento automático do presente e passar a ser produto das ações sociais reais, o futuro encolhe na exata medida em que só poderá ser aquilo que pode ser pensado como conseqüência – mesmo que não-linear – das ações que o constroem.

Ou seja, reaproveitando uma velha metáfora, aquilo que não foi plantado não será colhido.

Em lugar de pensarmos um par dicotômico e estático, o presente que é e o futuro que não é, passamos a pensar processualmente, na criação e gestão das possibilidades de vir a ser. Por isso, Boaventura vai afirmar que o conceito que preside a sociologia das emergências é o conceito de Ainda-Não, proposto por Ernst Bloch que afirma que *o possível é o mais incerto, o mais ignorado conceito da filosofia ocidental* (BLOCH, 1995, p. 241, *apud* SANTOS, 2004a, p. 794), embora só ele possa revelar a totalidade inesgotável do mundo. Assim, Boaventura vai trabalhar sobre a idéia de que a realidade não se restringe àquilo que existe; ela comporta também possíveis não realizados, ou melhor, ainda não realizados. A complexidade atribuída ao Ainda-Não como categoria tem a ver com essa idéia.

> O Ainda-Não é a categoria mais complexa, porque exprime o que existe apenas como tendência, um movimento latente no processo de se manifestar. O Ainda-Não é o modo como o futuro se inscreve no presente e o dilata. Não é um futuro indeterminado nem infinito. É uma possibilidade e uma capacidade concretas que nem existem no vácuo, nem estão completamente determinadas. [...] subjectivamente o Ainda-Não é a consciência antecipatória, [...]. Objectivamente, o Ainda-Não é, por um lado, capacidade (potência) e, por outro, possibilidade (potencialidade). (p. 795)

As possibilidades e as capacidades concretas vão redeterminar tudo aquilo que tocam, modificando e, portanto pondo em questão as determinações anteriores. Mas essa redeterminação não significa a introdução de nenhuma certeza quanto ao que será aquilo que ainda não é. A incerteza da possibilidade concreta que se desenvolve repousa sobre o fato de que as condições que a podem concretizar só são parcialmente conhecidas e, mais do que isso, só existem parcialmente. Ou seja, a potencialidade é reconhecível, mas não o seu resultado. Essa possibilidade inclui, ainda, o que Boaventura chama de escuridão, na medida em que o momento vivido no qual ela se inscreve não é totalmente visível para si próprio. Tudo isso torna o futuro escasso e duvidoso e as mudanças habitadas por um elemento de acaso e de perigo. Assim, a contração do futuro nos coloca diante da responsabilidade do não-desperdício, aqui não mais da experiência, mas das oportunidades de mudança.

> Em cada momento, há um horizonte limitado de possibilidades e por isso é importante não desperdiçar a oportunidade única de uma transformação específica que o presente oferece: *carpe diem*. (p. 759)

O vínculo que Boaventura estabelece entre a ampliação do presente e a contração do futuro se torna mais claro a partir dessa idéia da possibilidade que, estando inscrita na realidade, não automatiza nenhum movimento, embora defina a direção possível deste. O futuro a ser construído, então, só pode sê-lo a partir do aproveitamento de possibilidades criadas/inscritas no presente; por isso, não pode nem deve ser entendido como infinito. Por outro lado, o futuro é também indeterminado porque o presente contém mais de uma possibilidade, na medida em que inclui uma multiplicidade de realidades invisibilizadas, mas existentes e, ainda, realidades potencialmente concretizáveis, mas ainda não realizadas.

Assim, a complementaridade entre esses dois procedimentos sociológicos – a sociologia das ausências e a sociologia das emergências – se evidencia também. *Quanto mais experiências estiverem hoje disponíveis no mundo mais experiências são possíveis no futuro* (p. 799). Ou seja, enquanto a primeira se dedica ao desvendamento das experiências já existentes, do que já é, a segunda vai se dedicar ao estudo das experiências possíveis, daquilo que ainda não é, mas que amplia o que já é inserindo nele possibilidades e expectativas que ele comporta. Ambas permitem repensar o futuro, relacionando a construção dele aos elementos concretos dessas muitas realidades, radicalizando expectativas assentes em possibilidades reais, superando o idealismo das expectativas falsamente infinitas e universais que a modernidade criou. Tudo isso a partir do inconformismo com uma carência cuja superação está no horizonte de possibilidades, e não numa idealização ilusória e enganosa de um futuro grandioso que nunca virá, através da busca de uma relação mais equilibrada entre experiência e expectativa. *O Ainda-Não, longe de ser um futuro vazio e infinito, é um futuro concreto, sempre incerto e sempre em perigo* (p. 796).

A sociologia das emergências é a investigação das alternativas que cabem no horizonte das possibilidades concretas (p. 769). A partir dessa afirmação Boaventura esclarece alguns aspectos dessa sociologia e dos modos de relacionamento entre ela e a sociologia das ausências, muitos deles já tratados aqui. Falaremos sobre outros, a começar pela definição do autor a respeito daquilo que constitui a sociologia das emergências.

> A sociologia das emergências consiste em proceder a uma ampliação simbólica dos saberes, práticas e agentes de modo a identificar neles as tendências de futuro (o Ainda-Não) sobre as quais é possível actuar para maximizar a probabilidade de esperança em relação à probabilidade de frustração. Tal ampliação simbólica é, no fundo, uma forma de imaginação sociológica que visa um duplo objectivo: por um lado, conhecer melhor as condições de possibilidade da esperança; por outro, definir princípios de acção que promovam a realização dessas condições (idem).

Substituindo a idéia de determinação pela idéia axiológica de cuidado, a sociologia das emergências – tal como a das ausências – deixa de ser uma sociologia convencional na medida em que sua objetividade depende de seu elemento subjetivo, a saber: a consciência antecipatória e o inconformismo ao qual já fiz referência e que isso, em ambas essas sociologias, implica presença de emoções.

Movendo-se no campo das expectativas sociais, a sociologia das emergências vai legitimar as de caráter contextual que, no âmbito das *possibilidades e capacidades, reivindicam uma realização forte e apontam para os novos caminhos da emancipação social, ou melhor, das emancipações sociais* (p. 798).

A sociologia das emergências pretende analisar as possibilidades de futuro inscritas em práticas, experiências ou formas de saber, agindo tanto sobre as capacidades quanto sobre as possibilidades, identificando *sinais, pistas e traços de possibilidades futuros em tudo que existe* (p. 789) efetivando a amplificação simbólica através do excesso de atenção a essas pistas. É também uma investigação sobre as ausências, mas não sobre algo disponível e invisibilizado como na sociologia das ausências, e sim ausência *de uma possibilidade futura ainda por identificar e [de] uma capacidade ainda não plenamente formada para levar a cabo* (p. 789). Portanto, trata-se de uma investigação prospectiva

> que opera através de dois procedimentos: tornar menos parcial o nosso conhecimento das condições do possível; tornar menos parciais as condições do possível. O primeiro procedimento visa conhecer melhor o que nas realidades investigadas faz delas pistas ou sinais; o segundo visa fortalecer essas pistas ou sinais. Tal como o conhecimento que subjaz à sociologia das ausências, trata-se de um conhecimento argumentativo que, em vez de demonstrar, convence, que, em vez de se querer racional, se quer razoável. É um conhecimento que avança na medida em que identifica credivelmente saberes emergentes, ou práticas emergentes. (p. 798)

Ao identificar e credibilizar saberes e práticas plurais, a sociologia das emergências amplia (torna menos parcial) nosso conhecimento a respeito dos horizontes do possível na medida em que permite conhecer melhor o que existe em determinadas realidades que as torna pistas ou sinais de futuros possíveis, levando ao reconhecimento de mais possibilidades emancipatórias do que as anteriormente disponíveis. De modo complementar, ao tornar menos parciais as condições do possível, a sociologia das emergências fortalece essas pistas e sinais.

Campo social das experiências	Conflitos e diálogos possíveis	Exemplos de diferenças
Experiências de conhecimentos	Entre diferentes formas de conhecimento	biotecnologia X conhecimentos indígenas e tradicionais medicina moderna X tradicional jurisdições indígenas e autoridades tradicionais X jurisdições modernas, nacionais agricultura industrial X sustentável/camponesa conhecimento técnico dos peritos X conhecimentos leigos dos cidadãos comuns
Experiências de desenvolvimento, trabalho e produção	Entre formas e modos de produção diferentes	Capitalismo e desenvolvimentismo X Formas de produção ecofeministas ou ghandianas (swadeshi); organizações econômicas populares (cooperativas, mutualidades, empresas autogeridas, associações de microcrédito); formas de redistribuição assentes na cidadania e não na produtividade
Experiências de reconhecimento	Entre sistemas de classificação social	Natureza capitalista, racismo, sexismo, xenofobia X Ecologia anticapitalista, multiculturalismo progressista, constitucionalismo multicultural, discriminação positiva, cidadania pós-nacional e cultural
Experiências de democracia	Entre o modelo hegemônico de democracia e a democracia participativa	Democracia representativa liberal X orçamento participativo, panchayats e suas formas de planejamento participativo e descentralizado, formas de deliberação comunitária de comunidades indígenas
Experiências de comunicação e informação	Entre fluxos globais e meios de comunicação globais e as redes de comunicação independente transnacionais e os *media* independentes alternativos	

A multiplicação e a diversificação das experiências disponíveis se fazem na sociologia das ausências pelas diferentes ecologias – de saberes, dos tempos, das diferenças, das escalas e das produções. Na sociologia das emergências a multiplicação e a diversificação das experiências possíveis se farão pela amplificação simbólica das pistas e dos sinais de futuros possíveis. Boaventura pressupõe que são cinco os campos sociais mais importantes de onde emergirão diálogos e conflitos entre diferentes experiências que permitirão identificar e credibilizar em cada um dos deles saberes e práticas relevantes.

Claramente menos desenvolvida e menos complexa do que a anterior, essa organização do debate em torno da sociologia das emergências deixa entrever critérios e possibilidades semelhantes às da sociologia das ausências, ao discutir, uma vez mais, as problemáticas que envolvem os múltiplos saberes do/no mundo, as diferenças culturais e as questões da produção e distribuição da riqueza. Consideram-se, ainda, a importância da pluralidade subentendida aqui e preconizada lá como antídoto à universalização de algumas parcialidades em detrimento de outras e a importância da democracia, explícita aqui e subentendida lá como meio de viabilizar a construção de uma "vida decente", em lugar das promessas de progresso e desenvolvimento infinitos. Temos configurado um guia interessante para a reflexão em torno das questões teórico-epistemológicas e político-ideológicas que envolvem a vida social contemporânea e o pensar-fazer educação. Desnecessário é insistir na produção de novos argumentos que evidenciem a importância da contribuição dessa formulação para a educação.

Mais produtivo e interessante é, por isso o farei, pensar as alternativas para qualquer grande teoria, pois é a partir dessa resposta que poderemos efetivar o uso das alternativas educativas em curso, a serem tornadas visíveis através da prática da sociologia das ausências, bem como da captação e da amplificação de suas possibilidades de multiplicação pela prática da sociologia das emergências e favorecer, de modo concreto, uma prática educativa que traga em si uma contribuição aos processos de emancipação social, à atribuição de sentido às lutas que se desenvolvem em nome dela.

A idéia da tradução: fundamentos, condições, procedimentos e motivações

Considerando o fato de que as sociologias das ausências e a sociologia das emergências ampliam a diversidade de experiências sociais disponíveis e possíveis, Boaventura vai entender que essa multiplicação traz em si uma nova dificuldade. O enriquecimento proporcionado por essa ampliação só o será de fato se as novas experiências puderem ser compreendidas e articuladas entre si e com as anteriormente existentes. Isso coloca a necessidade do que Boaventura chama de trabalho de tradução que *visa criar inteligibilidade, coerência e articulação num mundo enriquecido por uma tal multiplicidade e diversidade* (p. 807). Esse trabalho, que não é só técnico, mas é também político e emocional, exigirá a criação ou o aproveitamento de parâmetros de análise das novas experiências diferentes dos dominantes, ou seja, é um trabalho transcultural, que tem como pressuposto a impossibilidade de uma teoria geral que possa dar conta do conjunto das experiências sociais, na medida em que estas últimas exigem parâmetros diferenciados para se tornarem inteligíveis.

Algumas definições se impõem para a efetivação do trabalho de tradução: *O que traduzir? Entre que? Quem traduz? Quando traduzir? Traduzir com que objectivos?* (p. 808).

Em primeiro lugar, Boaventura afirma que se faz necessário encontrar as zonas de contato, as zonas de interação e confronto entre as diferentes práticas e conhecimentos. A questão que se coloca é que a modernidade ocidental estabeleceu a zona epistemológica – onde se confrontam a ciência moderna e o saber ordinário – e a colonial – onde se confrontam o colonizador e o colonizado – como contatos privilegiados, estabelecendo através mesmo dessa escolha uma disparidade entre as realidades e uma extrema desigualdade nas relações de poder entre elas. Isso significa que as práticas e os conhecimentos formais, lidos e entendidos sempre a partir desse padrão, vêm negligenciando as lógicas, os interesses e as utilidades próprios das demais práticas sociais e formas de conhecimento.

Contrapondo-se a isso, a razão cosmopolita precisa definir outras zonas de contato partindo do princípio de que *cabe a cada saber ou prática decidir o que é posto em contacto com quem* (p. 809). Importante ressaltar que essa escolha é menos uma seleção daquilo que é mais relevante para determinado conhecimento ou prática e mais uma seleção daquilo que se entende traduzível. E só o avanço do trabalho de tradução ampliará o campo do traduzível para se chegar aos elementos mais relevantes ou mais fundamentais de cada cultura. Lembra que, nem sempre a seleção é ativa, na medida em que há elementos das diferentes culturas, sobretudo das subalternizadas que se tornaram impronunciáveis em virtude de uma opressão extrema à qual teriam sido submetidos.

Essa discussão aparece em dois textos do autor sobre uma possível concepção multicultural de direitos humanos (1997, 2003c) nos quais ele desenvolve a defesa da "hermenêutica diatópica", como um procedimento de tradução que consiste num esforço coletivo e multicultural de, transformando *topoi* (que assumem aqui um caráter de premissas de uma dada cultura) em argumentos, buscar torná-los compreensíveis a representantes de outras culturas e, portanto, campo de negociação multicultural. Aqui se torna importante ressaltar que as diferentes culturas não são monolíticas.

Dentro de cada grande cultura existem divergências e diferenças que, muitas vezes, vão exigir tradução interna. Boaventura não apresenta nem discute essa questão, mas acredito que a leitura do texto permite a formatação dela e penso que esse é um importante elemento para pensar os vínculos entre o pensamento do autor e a educação. Entendo que muitos dos conflitos e questões culturais problemáticas no interior da escola têm a ver com diferenças internas de uma mesma cultura e da ausência do trabalho interno de tradução que permita a tematização delas e a busca de acordos possíveis a respeito do fazer educativo e algumas de suas premissas. Leituras de mundo diferentes e mesmo antagônicas integram as diferentes culturas, baseadas, sobretudo, em convicções político-ideológicas diferentes, tornadas irreconciliáveis em determinadas circunstâncias. O exercício da tradução através da hermenêutica diatópica pode ser de extrema relevância para o estabelecimento de um diálogo voltado à busca e à definição de acordos que possam, mais do que satisfazer os diferentes interlocutores, favorecer os processos de aprendizagem dos educandos pelo que podem introduzir de coerência e instaurar de coletivização na ação educativa.

Boaventura vai defender a idéia de que, na seleção daquilo que em cada cultura deverá ser objeto de tradução, a opção deverá recair sobre

> as versões mais inclusivas, aquelas que contêm um círculo mais amplo de reciprocidade, são as que geram as zonas de contacto mais promissoras, as mais adequadas para aprofundar o trabalho de tradução e a hermenêutica diatópica (p. 810)

Isso porque permitem estabelecer mais diálogo a respeito de mais elementos, criando, portanto, mais interação e mais inteligibilidade.

Grandes crises ou grandes embates de inteligibilidade estariam na origem da necessidade de tradução entre saberes e práticas diferentes, de modo a viabilizar a criação de novas inteligibilidades que possam minimizar a sensação de carência e o inconformismo aos quais a crise deu origem e superar as formas anteriores. Ou seja, temas quentes, nos quais diferentes saberes e práticas precisam entrar em diálogo são, por excelência, elementos entre os quais o trabalho de tradução deve se realizar. O debate entre saberes e práticas da Medicina tradicional e da Medicina moderna é um desses temas. Outro campo em que essa tradução se tornou incontornável é o do movimento operário, que vem buscando em outros movimentos sociais, construídos a partir de lógicas de práticas e de conhecimentos diferentes, elementos que lhe permitam redesenhar as suas próprias.

A questão que envolve o momento adequado para o trabalho de tradução diz respeito ao risco de que, estabelecido de modo imperialista, o trabalho se dê não como criação de novas inteligibilidades, mas de legitimação da universalidade de uma das práticas ou de uma das formas de conhecimento. Concretamente, muito do "diálogo" intercultural que vimos acompanhando na contemporaneidade tem essa característica, constituindo o que Boaventura chama de *multiculturalismo reaccionário* (p. 811). Concordando com o autor, penso que esse procedimento tem trazido nefastas conseqüências ao fazer educativo nas escolas que, incorporando de modo imperialista valores, saberes e práticas de culturas outras que não a ocidental burguesa, em lugar de favorecer a horizontalização das relações entre os educandos e educadores representantes das diferentes culturas, vêm legitimando as hierarquias e agravando problemas que deveriam estar sendo minimizados. Ainda com relação ao tempo, cabe ressaltar que, como já esclarecido no estudo da sociologia das ausências, é importante que o trabalho de tradução incorpore as diferentes temporalidades buscando converter a simultaneidade que a zona de contato proporciona em contemporaneidade.

Boaventura atribui aos intelectuais cosmopolitas a tarefa da tradução por entender que, por ser de natureza argumentativa, este requer capacidade intelectual. Por outro lado, só legítimos representantes dos grupos sociais que usam ou exercem os diferentes saberes e práticas estariam aptos a realizar o trabalho. Embora alerte para o fato de que, não necessariamente esse intelectual ocupa lugar de liderança, e que a deliberação democrática a respeito de quem traduz será uma das mais decisivas na construção da globalização contra-hegemônica, penso que essa idéia traz inscrito nela o perigo da manipulação e do exercício imperialista da tradução, criando o mesmo problema que a escolha de um momento inadequado. Por outro lado, penso que a subjetividade cosmopolita que o trabalho efetivamente requer pode ser um dos objetivos da formação dos indivíduos praticada nas escolas e em outros espaços educativos.

Como traduzir? Aqui se interpõe, para Boaventura, a necessidade de apontar as dificuldades do trabalho. São três as principais dificuldades identificadas: a primeira relaciona-se às premissas da argumentação, a segunda diz respeito à língua em que ela é conduzida, e a terceira reside nos silêncios. À primeira dificuldade Boaventura responde com a idéia de que as premissas trazidas para a zona de contato pelos diferentes saberes e práticas deixam de sê-lo e devem transformar-se em argumentos. Caberá ao trabalho de tradução o estabelecimento em comum de premissas que possam se constituir como consenso básico a partir do qual o dissenso argumentativo se torna possível. Essa idéia está presente na noção de hermenêutica diatópica aqui já referida (1997, 2003c) e está desenvolvida em outro livro, inclusa na temática da retórica moderna e da constituição de uma retórica pós-moderna (2000, 94-107). No que se refere à questão da língua, a lembrança de que o domínio de uma mesma língua nunca é igual por representantes de culturas diferentes e, sobretudo, que, freqüentemente, uma das línguas foi dominante no estabelecimento das relações entre as diferentes culturas em contato, as possibilidades argumentativas de uns e outros tendem a ser sempre desiguais. Por fim, os silêncios e a gestão deles também diferem de uma língua ou cultura para outra, o que faz necessária uma atenção especial do trabalho de tradução para a construção da inteligibilidade deles. Sem nenhuma solução em mãos, sobretudo para os dois últimos problemas que aponta, Boaventura traz essas reflexões como alertas para os riscos que correm todos aqueles que pretendem atuar política e epistemologicamente como "intelectuais cosmopolitas".

Finalmente, o autor traz a questão dos objetivos da tradução entendendo que a pergunta "para que traduzir?" compreende todas as outras. Assim, desenvolve a resposta sob a forma de uma conclusão. Em primeiro lugar, ele reafirma sua crença de que, não só a tradução mas também a sociologia das ausências e a das emergências

> permitem-nos desenvolver uma alternativa à razão indolente, na forma daquilo a que chamo razão cosmopolita. Esta alternativa baseia-se na idéia base de que a justiça global não é possível sem uma justiça cognitiva global. [E esclarece].
>
> O trabalho de tradução é o procedimento que nos resta para dar sentido ao mundo depois de ele ter perdido o sentido e a direcção automáticos que a modernidade ocidental pretendeu conferir-lhes ao planificar a história, a sociedade e a natureza. [...] O trabalho de tradução feito com base na sociologia das ausências e na sociologia das emergências é um trabalho de imaginação epistemológica e de imaginação democrática com o objectivo de construir novas e plurais concepções de emancipação social sobre as ruínas da emancipação social automática do projecto moderno. (p. 813)

A questão da pluralidade de concepções e da diversidade de propostas e caminhos para pensar a transformação social emancipatória exige a aceitação da irredutibilidade do mundo a quaisquer de suas experiências, saberes e práticas, todas parciais, mas todas se configurando potencialmente como elementos de respostas à globalização neoliberal e ao assujeitamento da totalidade inesgotável do mundo à lógica mercantil que lhe subjaz, atualmente em andamento. Assim, o trabalho de tradução tem como objetivo criar constelações de saberes e de práticas suficientemente fortes para fornecer alternativas credíveis a esse processo. Nessa criação, a *diversificação das experiências visa recriar a tensão entre experiências e expectativas, mas de tal modo que umas e outras aconteçam no presente* (p. 814), pois a razão cosmopolita imagina o mundo melhor a partir do presente e, por isso, propõe a sua dilatação. Boaventura entende que isso se faz necessário porque acredita que:

> A possibilidade de um futuro melhor não está, assim, num futuro distante, mas na reinvenção do presente, ampliado

> pela sociologia das ausências e pela sociologia das emergências e tornado coerente pelo trabalho de tradução. [...] O trabalho de tradução permite criar sentidos e direcções precários mas concretos, de curto alcance mas radicais nos seus objectivos, incertos, mas partilhados. (p. 813)

Ou seja, Boaventura defende e formula a necessidade de um diálogo permanente entre diferentes formas de estar no mundo, de nele viver e de entendê-lo para que possam ser encontrados e criados mecanismos e modos de interação que permitam, hoje e agora, transformar o que existe e é hegemônico em outras existências, mais democráticas e plurais, provisórias e circunstanciais sobre as quais continuar-se-á atuando coletivamente, através dos mesmos procedimentos, reinventando permanentemente o presente, criando, a partir do exercício da imaginação epistemológica, mais e mais justiça cognitiva através da tradução entre saberes e, a partir da imaginação democrática, criar mais e mais justiça social global através da tradução entre práticas e seus agentes. O autor conclui o texto afirmando que:

> O trabalho de tradução cria as condições para emancipações sociais concretas de grupos sociais concretos num presente cuja injustiça é legitimada com base num maciço desperdício de experiência. [...] [Ele] permite apenas revelar ou denunciar a dimensão deste desperdício. O tipo de transformação social que a partir dele pode construir-se exige que as constelações de sentido criadas pelo trabalho de tradução se transformem em práticas transformadoras. (p. 814-815)

Incluindo no debate a questão da educação e da contribuição dessas idéias e formulações para a reflexão educativa, penso ser de fundamental importância apontar, além daquilo que já foi apresentado quando do fechamento do debate em torno da sociologia das ausências, a relevância da ação político-pedagógica cotidiana que se pode depreender a partir da leitura deste texto. Considerando que, nos diferentes universos escolares as interações entre sujeitos sociais representantes de diferentes culturas e professando diferentes valores é intensa e estruturada, tem-se na escola um campo particularmente fértil para a prática da tradução, bem como para a ampliação da credibilidade de modos diferenciados de estar no mundo existentes mas invisibilizados pela modernidade. Por outro lado e finalmente, a escola moderna, enquanto lócus privilegiado de transmissão do conhecimento socialmente valorizado às gerações futuras ocupa posição privilegiada na ampliação, não só do entendimento e valorização das experiências disponíveis, como também das possíveis, na medida em que pode, a partir mesmo das experiências já disponíveis, praticadas nos diferentes cotidianos escolares e ignoradas pelos educadores e pesquisadores atrelados à razão metonímica, multiplicar essas experiências ao compreendê-las como pistas e sinais de um fazer pedagógico futuro mais emancipatório e transformá-las crescente e gradativamente.

|CAPÍTULO III

EDUCAÇÃO, FORMAÇÃO DE SUBJETIVIDADES DEMOCRÁTICAS E DEMOCRACIA SOCIAL

Pensar o fazer pedagógico emancipatório é pensar na possibilidade de desenvolvimento da autonomia intelectual e social dos sujeitos individuais e coletivos envolvidos no processo educativo. É, portanto, pensar em processos de formação identitária. Sabemos também que os complexos e enredados processos através dos quais as subjetividades individuais ou coletivas são formadas inscrevem-se na forma específica como uns e outros se apropriam dos conhecimentos, entendidos aqui em sentido amplo. Ou seja, a forma como incorporamos tanto os "saberes" formais e cotidianos quanto os valores e crenças com os quais entramos em contato definem as nossas possibilidades de ação sobre e no mundo. Isso significa que, no processo de formação das subjetividades entram em jogo as múltiplas formas e espaços de inserção social nos quais interagimos – o que nos constitui, como diz Boaventura (1995), como redes de sujeitos. Essas redes são dinâmicas, e a questão que se coloca para a educação é como intervir nessa formação de modo a contribuir para o desenvolvimento da democracia e da tessitura de relações sociais mais igualitárias.

Este capítulo é, portanto, dedicado a apresentar as noções centrais a respeito da formação e do desenvolvimento das subjetividades individuais e coletivas no contexto do pensamento do autor. São elas: os modos de inserção social que se enredam na formação das nossas redes de sujeitos; o papel da educação na formação das subjetividades inconformistas e rebeldes, voltadas para a luta pela emancipação social; e a necessidade de ampliação do caráter democrático das subjetividades individuais e coletivas como meio de levar a luta pela emancipação a contribuir efetivamente para a ampliação da democracia social.

Começo com o único texto de Boaventura dedicado especificamente à discussão do que seria um possível projeto educativo emancipatório[1], no qual ele defende a idéia de que

> o projeto educativo emancipatório é um projeto de aprendizagem de conhecimentos conflitantes com o objetivo de, através dele, produzir imagens radicais e desestabilizadoras dos conflitos sociais em que se traduziram no passado, imagens capazes de potenciar a indignação e a rebeldia. Educação, pois, para o inconformismo. (p. 17)

Isso significa dizer que, através do trabalho educativo com imagens desestabilizadoras, contribuindo para a constatação da dominação e dos processos de reconstituição identitária que a ela se contrapõem, pode-se criar possibilidades mais amplas de formação de *subjetividades inconformistas* (SANTOS, 1995), o que requer a incorporação dos postulados da idéia da educação para o inconformismo, como esclarece o autor.

> A educação para o inconformismo tem de ser ela própria inconformista. A aprendizagem da conflitualidade dos conhecimentos tem de ser ela própria conflitual. Por isso, a sala de aula tem de transformar-se ela própria em campo de possibilidades de conhecimento dentro do qual há que se optar. Optam os alunos tanto quanto os professores e as opções de uns e de outros não têm de coincidir nem são irreversíveis. As opções não assentam exclusivamente em idéias já que as idéias deixaram de ser desestabilizadoras no nosso tempo. Assentam igualmente em emoções,

---

[1] SANTOS, Boaventura de Sousa. Para uma pedagogia do conflito In: SILVA, Luiz Heron, AZEVEDO, José Clóvis de SANTOS, Edmilson Santos dos. *Novos mapas culturais, novas perspectivas educacionais*. Porto Alegre: Sulina, 1996. p. 15-33.

sentimentos e paixões que conferem aos conteúdos curriculares sentidos inesgotáveis. Só assim é possível produzir imagens desestabilizadoras que alimentem o inconformismo perante um presente que se repete, repetindo as opções indesculpáveis do passado (p. 18).

Nesse sentido, entendo que essa abordagem textual-imagética do passado, de suas "más escolhas" e das possibilidades de uso educativo de imagens do sofrimento humano causado por elas são contribuições importantes para a formação das subjetividades inconformistas, indispensáveis para o acontecer de um projeto educativo emancipatório. Isso nos coloca diante de um debate mais amplo sobre os diferentes modos de conhecer o mundo, relacionados às diferentes culturas e aos diferentes saberes, bem como sobre os conflitos que os envolvem. Ampliar esse debate e as formas de evidenciá-lo é fundamental para a pretensão de contribuir para a emancipação social democrática através do trabalho que desenvolvemos na educação formal.

> O objetivo último de uma educação transformadora é transformar a educação, convertendo-a no processo de aquisição daquilo que se aprende, mas não se ensina, o senso comum. O conhecimento só suscita inconformismo na medida em que se torna senso comum, o saber evidente que não existe separado das práticas que o confirmam. Uma educação que parte da conflitualidade dos conhecimentos visará, em última instância, conduzir à conflitualidade entre sensos comuns alternativos, entre saberes práticos [...]. (p. 18)

Eis aqui o sentido político da sensocomunização da ciência e o papel da educação no processo: permitir que os saberes ganhem sentido através do reconhecimento dos significados político-sociais das práticas que suscitam ou favorecem. Do ponto de vista da educação formal, essa idéia constitui uma contribuição de Boaventura para as concepções pedagógicas que entendem os conteúdos escolares não como um fim em si, mas como um meio de ampliação dos modos de compreensão do mundo, potencializando a intervenção sobre ele e capacitando a ação política e social emancipatória. Conteúdos voltados, portanto, para a constituição de saberes práticos inconformados com as iniqüidades sociais e as opções históricas que as tornaram possíveis.

Boaventura desenvolve sua reflexão através de um debate sobre os conflitos centrais que constituem os aspectos centrais da experiência pedagógica voltada para a luta pela emancipação. Defende a idéia de que o conflito entre a aplicação técnica e a aplicação edificante da ciência, entre o conhecimento-regulação e o conhecimento-emancipação e entre o imperialismo cultural e o multiculturalismo devem ocupar o centro de toda experiência pedagógica, explicando que:

> O conflito serve, antes de mais, para vulnerabilizar e desestabilizar os modelos epistemológicos dominantes e para olhar o passado através do sofrimento humano que, por via deles e da iniciativa humana a eles referida, foi indesculpavelmente causado. Esse olhar produzirá imagens desestabilizadoras susceptíveis de desenvolver nos estudantes e nos professores a capacidade de espanto e de indignação e a vontade de rebeldia e de inconformismo. Essa capacidade e essa vontade serão fundamentais para olhar com empenho os modelos dominados ou emergentes através dos quais é possível aprender um novo tipo de relacionamento entre saberes e portanto entre pessoas e entre grupos sociais. Um relacionamento mais igualitário, mais justo que nos faça aprender o mundo de modo edificante, emancipatório e multicultural. Será este o critério último da boa e da má aprendizagem. (p. 33)

Os aspectos centrais da experiência pedagógica

O primeiro dos três conflitos apontados como centrais ao projeto educativo emancipatório é o conflito entre a aplicação técnica e a aplicação edificante da ciência, ou seja, não é propriamente um conflito entre conhecimentos. A idéia do conflito entre essas duas formas de aplicação da ciência foi desenvolvida na "Introdução à ciência pós-moderna" que já discuti no capítulo 1. O debate proposto por Boaventura se inscreve na trajetória do seu pensamento como uma das "novidades epistemológicas" produzidas pelo próprio: a compreensão da indissociabilidade entre a dimensão epistemológica e a dimensão política da reflexão crítica visando à emancipação social.

Os sistemas educativos modernos se constituíram ao longo do processo de consolidação da ciência moderna como modo hegemônico de racionalidade, mas não incorporaram o fato de que, desde a revolução industrial, a relação entre a ciência e a produção de bens e serviços vem se estreitando, levando à conversão dos problemas sociais e políticos em problemas técnicos, solucionáveis, portanto, cientificamente, isto é *eficazmente com total neutralidade social e política* (p. 19). Configurando o que Boaventura chama de *aplicação técnica da ciência,* esse modelo de racionalidade

> punha à disposição dos decisores políticos e dos atores sociais um conhecimento certo e rigoroso, que desagregava os problemas sociais e políticos nas suas diferentes componentes técnicas e lhes aplicava soluções eficazes, inequívocas e consensuais porque sem alternativa. (p. 19)

A alternativa a esse modelo que, embora empiricamente fracassado e politicamente desacreditado, ainda predomina na sociedade e nas escolas, é chamada por Boaventura de *aplicação edificante da ciência.* O cerne do processo ensino-aprendizagem estaria na instauração do conflito entre o modelo alternativo e o dominante, contra a inércia e/ou má-fé que permitem ao último manter-se hegemônico, ocultando o caráter social e político dos problemas que criou ou que não soube resolver. As características fundamentais que fazem opostos os dois modelos estão no quadro ao lado, formulado a partir do texto do autor (p. 19-22), mas com leves reorganizações do texto, com o objetivo de facilitar a compreensão das oposições estabelecidas.

A aplicação técnica e a aplicação edificante da ciência

Modelo de aplicação técnica da ciência	Modelo de aplicação edificante da ciência
Quem aplica o conhecimento está fora da situação existencial em que incide a aplicação e não é afetado por ela.	A aplicação tem sempre lugar numa situação concreta em que quem aplica está existencial, ética e socialmente comprometido com o impacto da aplicação.
Existe separação total entre fins e meios. Pressupõem-se definidos os fins e a aplicação incide sobre os meios.	Os meios e os fins não estão separados, e a aplicação incide sobre ambos. Os fins só se concretizam na medida em que se discutem os meios adequados à situação concreta
Não existe mediação deliberativa entre o universal e o particular. A aplicação procede por demonstrações necessárias. que dispensam a argumentação.	A aplicação é um processo argumentativo, e a sua adequação, maior ou menor, reside no grau de equilíbrio entre as competências argumentativas dos grupos que lutam pela decisão do conflito a seu favor.
A aplicação assume como única a definição de realidade dada pelo grupo dominante e força-a. Escamoteia os conflitos e silencia as definições alternativas.	A aplicação edificante procura e reforça as definições emergentes e alternativas da realidade. Para isso, deslegitima as formas institucionais e os modos de racionalidade em cada contexto.
A aplicação do *know-how* técnico torna dispensável qualquer discussão sobre um *know-how* ético. A naturalização técnica das	O *know-how* técnico é imprescindível, mas o sentido do seu uso é-lhe conferido pelo *know-how* ético que, como tal, tem

Modelo de aplicação técnica da ciência	Modelo de aplicação edificante da ciência
relações sociais obscurece e reforça os desequilíbrios de poder que as constituem.	prioridade na argumentação. O cientista deve envolver-se na luta pelo equilíbrio de poder nos vários contextos de aplicação e deverá tomar o partido daqueles que têm menos poder, geralmente menos capazes de argumentar. A aplicação edificante consiste em revelar argumentos e tornar legítimo e credível o seu uso.
Os saberes locais ou são recusados, ou são funcionalizados e, em qualquer caso, busca-se a diminuição das resistências ao desenrolar da aplicação. A aplicação é unívoca, e seu pensamento, unidimensional.	Os limites e as deficiências dos saberes locais nunca justificam a recusa *in limine* destes, porque isso significa o desarme social e argumentativo dos seus componentes. Para distribuir mais equitativamente as competências argumentativas, os limites e as deficiências de cada um dos saberes locais, superam-se e interpenetram-se, desnaturalizando-se e transformando-os a todos.
Os custos da aplicação são sempre inferiores aos benefícios, e uns e outros são avaliados quantitativamente, à luz de efeitos imediatos do grupo que move a aplicação. Quanto mais fechado o horizonte contabilístico, tanto mais evidentes os fins e mais disponíveis os meios.	Os mecanismos de poder tendem a alimentar-se da incompetência social, portanto, da "objetivação" dos grupos sociais oprimidos. Há interesses materiais e lutas entre classes e outros grupos sociais, que usam outros meios para impor o que lhes é benéfico.

Ainda como características do modelo de aplicação edificante da ciência, Boaventura vai apontar problemas relacionados à luta para que ela possa se estabelecer e a necessidade de inscrição desse modelo na própria comunidade científica, esclarecendo o porquê de uns e de outra.

Considerando que *a ampliação da comunicação e a equilibração das competências visa a criação de sujeitos socialmente competentes e o fato de que os mecanismos de poder tendem a alimentar-se da incompetência social* (p. 21) Boaventura reconhece um duplo risco para a aplicação edificante da ciência. Por saber que só é possível através da argumentação e da ciência, essa luta é sempre precária, integrada a outras lutas, e os seus resultados nunca são irreversíveis. *É, pois, uma luta sem pressupostos nem seguranças. Uma luta por um fim sem fim* (p. 21). Precisando partir dos consensos locais, nos quais as razões contingentes permitem tornar mais evidente o que surge como socialmente necessário, para criar mais conflito, a aplicação edificante da ciência corre o risco, associado ao primeiro, de, em virtude da potencialização do conflito, algum grupo vir a promover a violência, em vez da argumentação, o silenciamento em vez da comunicação e o estranhamento em vez da solidariedade, podendo comprometer a ampliação da comunicação e da argumentação que constituem o interesse central da aplicação edificante da ciência.

A questão da participação da comunidade científica no processo aparece nas duas últimas características que Boaventura atribui à aplicação edificante da ciência. A luta de cientistas e técnicos pela ampliação da comunicação e da argumentação exige que saibam falar como cientista e como não-cientista no mesmo discurso científico e, mais do que isso, que saibam falar nos discursos locais, presentes e compreensíveis nos diferentes contextos de aplicação. O desenvolvimento dessa capacidade exige que a reflexividade seja coletiva. A última questão diz respeito à permanência dos riscos já anteriormente apontados e relacionados à incontrolabilidade das conseqüências da ampliação do conflito e à imprevisibilidade de seus resultados que não só são reversíveis mas também podem tornar-se até contraproducentes. Boaventura acredita que na comunidade científica *é possível determinar o perfil dos conflitos em que esses riscos se correrão* (p. 22). Sem concordar necessariamente com o autor, creio ser necessário assinalar que a responsabilidade atribuída ao cientista diz respeito tanto aos seus saberes específicos e à forma como ele os comunica ao mundo social quanto aos modos como os compromissos de ordem ética regulam a própria produção dos saberes.

Concluindo esta parte, Boaventura traz o que pode ser entendido, hoje, como um primeiro alerta para a necessidade social e política da prática da sociologia das ausências (cf. capítulo II) e de sua aplicação pedagógica possível ao se referir às dificuldades previsíveis que a pedagogia desse conflito enfrenta em virtude da desigualdade estrutural entre os modelos em conflito.

> Enquanto um deles tem detido o monopólio de aplicação da ciência, o outro não passa de uma potencialidade promissora. Professores e alunos terão de se tornar exímios nas *pedagogias das ausências*[2], ou seja, na imaginação da experiência passada e presente se outras opções tivessem sido tomadas. Só a imaginação das conseqüências do que nunca existiu poderá desenvolver o espanto e a indignação perante as conseqüências do que existe. (p. 22-23)

Conhecimento-como-regulação e conhecimento-como-emancipação

Formulado inicialmente assim, esse conflito – mais importante que o anterior e menos amplo que o posterior – foi rebatizado depois (SANTOS, 2000, p. 78-81) como uma trajetória do conhecimento-regulação ao conhecimento-emancipação na perspectiva de constituição da opção epistemológica adequada à transição paradigmática da ciência e do progresso ao conhecimento prudente para a vida decente, segundo

---

[2] O grifo é meu.

o conflito de conhecimento, que deve animar o projeto educativo emancipatório. O conflito entre o conhecimento-regulação e o conhecimento-emancipação decorre do fato de que, tendo sido complementares na constituição do projeto da modernidade, acabaram por fundir-se sob a hegemonia do primeiro. Entretanto, essa hegemonia – que também se manifesta no sistema educativo – está em risco. O rigor e a objetividade do conhecimento científico, bem como os pressupostos sobre os quais assenta – notadamente, a dicotomia sujeito-objeto e a concepção da natureza como entidade separada da sociedade e da cultura – vêm sendo crescentemente questionados. Boaventura se inclui entre os pensadores que entendem essa crise como uma fase de transição paradigmática e parte da idéia de que não existe nem ignorância em geral nem saber em geral, que *todo saber é saber sobre uma certa ignorância e, vice-versa, toda a ignorância é ignorância de um certo saber* (2000, p. 78) para desenvolver sua crítica e formular as necessidades e possibilidades de incorporação deste debate ao projeto educativo emancipatório.

Questionando o paradigma moderno, no qual a trajetória da ignorância ao conhecimento é uma seqüência tanto lógica quanto temporal, que tem como corolário a idéia de que é uma trajetória do passado ao futuro, Boaventura vai recuperar as trajetórias abandonadas do projeto moderno para desenvolver sua reflexão. No conhecimento-regulação a trajetória seria do caos à ordem e no conhecimento-emancipação, do colonialismo à solidariedade. Rompido o equilíbrio, em favor da hegemonia do conhecimento-regulação, *a ordem passou a ser a forma hegemônica de conhecimento e o caos, a forma hegemônica da ignorância* (1996a, p. 24), transformando o que era saber no conhecimento-emancipação em ignorância *(a solidariedade foi recodificada como caos)* e o que era ignorância em saber *(o colonialismo foi recodificado como ordem)* (1996a, p. 24). Essa hegemonia fez, ainda com que

> o futuro e, portanto, a transformação social passasse a ser concebida como ordem e o colonialismo, como um tipo

de ordem. Paralelamente, o passado passou a ser concebido como caos e a solidariedade como um tipo de caos. (p. 24-25)

No projeto educativo emancipatório a instauração do conflito entre essas duas formas de conhecimento vai se dar entre o saber como ordem e colonialismo e o saber como solidariedade e caos, que vão servir de suporte a *formas alternativas da sociabilidade e da subjetividade* (p. 25). No texto de 2000, Boaventura esclarece como entende a possibilidade de substituição da primazia do conhecimento-regulação pela do conhecimento-emancipação, transformando-se a solidariedade na forma hegemônica de saber e aceitando-se um certo caos. Explica os dois compromissos ou estratégias epistemológicas a ser seguidas – a reafirmação do caos e a revalorização da solidariedade como formas de saber.

No primeiro caso, aceitar-se-á que a ordem não transcende o caos, mas coexiste com ele numa relação mais ou menos tensa e, assim, tem-se como resultado a idéia de que o caos não é algo negativo, vazio ou disforme mas possui uma positividade própria inseparável da ordem. Uma das positividades é a idéia da não-linearidade, ou seja, *a idéia de que uma pequena causa pode provocar um grande efeito* (p. 79). A importância dessa idéia reside num seu corolário, o de que é impossível controlar as conseqüências de ações, quaisquer que sejam as ações e o controle que sobre elas se exerça. A multiplicidade imprevisível de efeitos de uma ação vai colocar, a seu turno, duas novas questões. Uma delas atinge diretamente o processo pedagógico e a forma de conceber o ensino e, embora não referida por Boaventura merecerá destaque aqui.

A escola moderna, ocidental, capitalista e burguesa pressupõe que, se o professor domina o conteúdo e o ensina "bem" (não entrarei aqui no mérito do que isso pode significar), o aluno vai aprender. Ou seja, busca controlar as "causas" do processo através da normatização e do controle sobre *o quê* e *o como* o professor vai ensinar. Considera, pela mesma lógica, que o fracasso do processo só ocorre quando há mau ensino ou incapacidade de aprender. No caso de pesquisas, estudos e propostas baseados nessa crença, o que se busca é aperfeiçoar cientificamente as normas e as possibilidades de sua aplicação, ampliando o controle sobre as causas na ilusão de que isso produzirá automaticamente melhores resultados. A complexidade que envolve a vida cotidiana e as redes de saberes que se formam no desenrolar do processo educativo, bem como a indissociabilidade entre as diferentes formas de inserção social dos indivíduos nos diferentes espaços-tempos estruturais, bem como os múltiplos enredamentos possíveis de serem tecidos entre os diferentes saberes, oriundos de experiências em campos da vida diferentes mostram, do ponto de vista do processo educativo, a impossibilidade do controle sobre as conseqüências do ato de ensinar, em virtude dos modos específicos de estabelecimento de contatos dos sujeitos com os diferentes conhecimentos aos quais são submetidos.

Voltando ao autor, o que ele aponta como fundamental dentro da idéia da incontrolabilidade das conseqüências assume uma dimensão mais ampla e mais política: é a necessidade da prudência. *O caos convida-nos a um conhecimento prudente* (2000, p. 80). Isso porque, sem o controle sobre as conseqüências, faz-se necessária uma maior atenção às possibilidades de que estas sejam negativas. O otimismo gratuito no progresso social a partir do desenvolvimento da ciência e do uso tecnológico de seus avanços deve ser substituído pela busca de entendimento ampliado das possíveis negativas que podem derivar de determinados "avanços". A segunda exigência, derivada da primeira, é que devemos praticar o que Boaventura, com Ricoeur (1969, p. 67 e 148-153 *apud* Santos, 2000, p. 80) chama de "hermenêutica da suspeição", na qual *as conseqüências negativas duvidosas, mas possíveis, devem ser tidas como certas* (p. 67 e 148-153 *apud* Santos, 2000, p. 80).

Quanto à segunda estratégia – a de revalorização da solidariedade como forma de saber – em primeiro lugar, Boaventura assinala que ela só é possível atrelada à primeira. Partindo da idéia de que *o colonialismo consiste na ignorância da reciprocidade e na incapacidade de conceber o outro a não ser como objeto* (p. 81), a segunda estratégia vai preconizar a construção e o reconhecimento da intersubjetividade, o que converte a comunidade no campo privilegiado do conhecimento emancipatório. Esclarece que essa

> comunidade não pode limitar-se a ser a territorialidade própria do espaço contíguo (o local) e a temporalidade própria do tempo miúdo (o imediato) [...] A neo-comunidade transforma o local numa forma de percepção do global, e o imediato numa forma de percepção do futuro. É um campo simbólico em que se desenvolvem territorialidades e temporalidades específicas que nos permitem conceber o nosso próximo numa teia intersubjectiva de reciprocidades. (p. 81)

A passagem nos remete, mais uma vez, à idéia de que somos, cada um de nós, redes de subjetividades, que já foi abordada no capítulo I e será mais desenvolvida logo adiante, neste capítulo. Identificando essas características e potencialidades do conflito entre o conhecimento-regulação e o conhecimento-emancipação e voltando ao campo pedagógico, Boaventura entende que a este compete

> experimentar, pela imaginação da prática e pela prática da imaginação, essas sociabilidades e subjetividades alternativas, ampliando as possibilidades do humano até incluí-las a todas e até poder optar por elas (1996a, p. 25).

Alerta para o fato de que, como no conflito anterior, a luta é, à partida, desigual, e a reconstituição da forma marginalizada de conhecimento, o conhecimento-emancipação, se dá, no campo pedagógico, por meio da imaginação arqueológica. A experiência pedagógica, através da invenção de exercícios retrospectivos e prospectivos pode permitir que imaginemos *o campo de possibilidades que seria aberto a nos-*

sa subjetividade e nossas sociabilidades se houvesse um equilíbrio entre as duas formas de conhecimento (1996a, p. 25). O interessante aqui é notar que, mesmo de modo bem embrionário, não só a sociologia das ausências – já detectada no conflito entre as diferentes formas de aplicação da ciência – mas também a sociologia das emergências aparece, na idéia dos exercícios prospectivos de imaginação de novas possibilidades disponíveis, mas ainda não-existentes da realidade de nossas subjetividades e sociabilidades. Penso ter aqui mais uma reconfirmação do potencial desses procedimentos sociológicos para a educação.

Imperialismo cultural e multiculturalismo

Este terceiro e último conflito epistemológico, que integra o projeto educativo emancipatório, é mais amplo que os anteriores porque, além de um conflito epistemológico, é um conflito cultural, que transborda os limites da modernidade eurocêntrica, embora o "mapa cultural" dos sistemas educativos da modernidade tenha deixado muito pouco espaço e sempre numa condição de subalternidade às culturas não-eurocêntricas. Isso configura o que Boaventura chama de imperialismo cultural. Esses mapas, ele afirma, estão hoje num período de turbulência em virtude dos acontecimentos que começam com a Segunda Guerra e a barbárie do ocidente supostamente civilizado e prossegue com a descolonização da África e com a emergência dos novos movimentos sociais. Mais recentemente, o incremento das relações transnacionais e a globalização se fizeram acompanhar de fortes movimentos de localização e reafirmação de identidades culturais e nacionais as mais diversas, sobretudo entre grupos historicamente oprimidos. A turbulência detectada obedeceria a duas tendências contraditórias:

> uma que vai no sentido do agravamento dos conflitos culturais no fim do século[3]; outra que vai no sentido oposto, o

---

[3] Lembro que o texto referido data de 1996. A nota, evidentemente, é da autora.

do fim de tais conflitos. A primeira tendência, a do agravamento dos conflitos, surge sob duas formas, uma hegemônica e outra, contra-hegemônica. (1996a, p. 28)

Ambas entendem que o conflito cultural integra os modelos sociais de desenvolvimento, que não se sustentam apenas no plano econômico, suprimindo de seu ideário a distinção nítida entre luta econômica e luta cultural, mas mantendo a idéia de oposição cultural. A diferença está na perspectiva ocidental na vertente hegemônica e perspectiva de conflito com o ocidente na contra-hegemônica. Já a segunda tendência tem sentido oposto ao da primeira e *defende que nas condições globais geradas, tanto pela sociedade de consumo, como pela sociedade de informação, os conflitos culturais terão cada vez menor acutilância* (p. 28), acreditando que a ampliação dos contatos interculturais acabará por dissolver as diferenças culturais. Se, na primeira tendência, Boaventura identificava duas formas, uma hegemônica e outra contra-hegemônica, no caso da segunda, ambas as formas são hegemônicas. A versão ultraliberal do relativismo cultural entende que a validade igual de todas as culturas impede comparações e diálogos profundos e preconiza a coexistência pacífica entre elas. De outro lado, tem-se a idéia de que *os contatos entre culturas, sendo cada vez mais intensos, fazem com que estas percam gradualmente a sua integralidade e a sua singularidade* (p. 29). As idéias de hibridização cultural e de impropriedade de manutenção da hierarquização entre culturas dominantes e dominadas integram essa forma que comporta, ainda, a idéia da emergência de *uma cultura global, sem raízes nem lealdades locais* (p. 29), uma cultura cosmopolita.

A turbulência que hoje habita os mapas culturais que estão na base dos sistemas educativos ocidentais fica evidente nessa multiplicidade de leituras e encontra, mais uma vez, duas leituras principais, uma que entende que o imperialismo cultural está terminando e outra que o vê camaleonicamente, adaptando-se às mudanças e necessidades contemporâneas. Feito o diagnóstico de como entende o mapa dos conflitos culturais contemporâneos, Boaventura esclarece sua opinião a respeito dos desafios que se colocam ao projeto educativo emancipatório. Inicia dizendo que, para ele,

> um projeto educativo emancipatório tem de colocar o conflito cultural no centro do seu currículo. As dificuldades para o fazer são enormes, não só devido à resistência e à inércia dos mapas culturais dominantes, mas também devido ao modo caótico como os conflitos culturais têm vindo a ser discutidos no nosso tempo. [...]
> O projeto educativo emancipatório tem, pois, nesse domínio, responsabilidades acrescidas. Tem de, por um lado, definir corretamente a natureza do conflito cultural e tem de inventar dispositivos que facilitem a comunicação. (p. 29-30)

Lembrando que esse conflito se dá entre culturas diferentes, Boaventura propõe defini-lo como ocorrendo entre o imperialismo cultural e o multiculturalismo e o considera mais do que um conflito entre culturas, um meta-conflito de culturas, visto que se dá entre *duas maneiras diferentes de se conceber o conflito entre culturas, dois modelos de interculturalidade* (p. 30). E é, mais uma vez, pela imaginação que o campo pedagógico pode criar a conflitualidade negada pelo modelo hegemônico, através da criação de *espaços pedagógicos para o multiculturalismo enquanto modelo emergente de interculturalidade* (p. 30) e entende que a hermenêutica diatópica (cf. capítulo II e Santos, 1991; 2003c) é dispositivo privilegiado para tal. Recupera nesse texto uma argumentação/proposta a respeito do modo como percebe possível a instauração de um diálogo intercultural, que esboçara em texto anterior (1991) e que, ainda mais aperfeiçoado, é apresentado em obra posterior (2003c). A proposta é levar ao máximo de consciência possível a incompletude de todas as culturas, entendendo que esse procedimento abre possibilidades ao diálogo intercultural e pode contribuir para a superação dos epistemicídios (cf. capítulo I) perpetrados pela modernidade eurocêntrica contra outras culturas e outros modos de conhecer o mundo.

Em que pesem todas as dificuldades elencadas, mas esclarecidas e discutidas ao longo de toda a sua obra, Boaventura afirma que o projeto pedagógico emancipatório conhece essas dificuldades e entende a necessidade de sua superação. Importante é ressaltar que, se enquanto modelo, o multiculturalismo e a interculturalidade precisem ainda ser criados, vai ser nas práticas invisibilizadas pelo modelo dominante e a serem tornadas visíveis pela prática da sociologia das ausências que o projeto educativo emancipatório vai encontrar seu manancial de *ações exemplares* a serem multiplicadas e tornadas possíveis como futuro dos sistemas educativos.

Assim, esse projeto educativo emancipatório esboçado por Boaventura pode representar uma forma através da qual podemos esperar que a prática educativa cotidiana possa contribuir para superar a dominação da cultura eurocêntrica sobre as outras e a predominância do conhecimento científico sobre outros modos de conhecer, e dos usos destas para a legitimação da dominação social em geral. A utopia da democracia como sistema social pressupõe o alargamento da eqüidade em todos os domínios da vida, o que torna necessária a repolitização global das práticas sociais para o seu desenvolvimento, entendendo-se que *politizar significa identificar relações de poder e imaginar formas práticas de as transformar em relações de autoridade partilhada* (Santos, 1995, p.271). É nesse sentido que a luta em todos os espaços estruturais nos quais estamos inseridos se impõe como condição de construção da democracia. Voltamos, portanto, à questão da tessitura das redes de subjetividades que cada um de nós é e, com ela, chegamos à questão da formação das subjetividades democráticas, necessária à ampliação das práticas sociais emancipatórias.

Das subjetividades inconformistas às subjetividades democráticas

Em suas recentes e ainda não totalmente desenvolvidas[4] reflexões sobre essa questão, Boaventura (2003a)

---

[4] Boaventura vem discutindo essas teses, buscando o aperfeiçoamento delas, em diversos espaços, o que permite supor que novas versões, mais aprimoradas ainda surgirão desses debates.

defende, nas suas *teses para o fortalecimento da democracia participativa*, a idéia de que uma das condições de ampliação da democracia participativa é a formação de subjetividades mais democráticas. Partindo dessa premissa, vamos entender a formação das subjetividades mais ou menos democráticas como processos de enredamento e de negociação de sentidos entre as várias experiências vividas pelos sujeitos individuais e coletivos e as possibilidades de ação mais ou menos democráticas como resultado dessas negociações que – embora comportem e incluam um vasto conjunto de possibilidades, em função do imenso número de combinatórias existente – permitem supor que determinados tipos de experiências práticas e cognitivas tendem a favorecer a formação de subjetividades mais democráticas, enquanto outros tipos de experiências tendem a dificultá-la. Isso porque, apesar da sua incontrolabilidade, esses processos obedecem a uma lógica cuja complexidade cria um leque amplo de possibilidades, mas que não é apenas caótica.

A idéia de que as experiências práticas e cognitivas interferem decisivamente na formação das subjetividades leva à da indissociabilidade entre a tese sobre a importância da democratização das nossas próprias subjetividades e outras duas: as teses que dizem respeito à necessidade de democratização das práticas sociais (tese 9) e à da democratização dos conhecimentos (tese 13). O desenvolvimento do potencial emancipatório (democratizante) das subjetividades deve ser pensado de acordo com esse entendimento. Considerando as subjetividades como redes de inserções sociais nos múltiplos espaços-tempos (Santos, 2000) de que participamos cotidianamente e que nos levam à produção de determinados saberes (e convicções) e práticas sociais, trabalharei com a hipótese de que a intervenção sobre a formação das redes de subjetividades individuais e coletivas está intimamente associada à democratização das práticas sociais e cognitivas dos processos educativos.

Por outro lado, é importante considerar que a multiplicidade e a diversidade das redes possíveis de serem tecidas através das também múltiplas e diversas combinações de experiências de inserção, junto à imprevisibilidade dos resultados de cada experiência, cria, juntamente com as múltiplas redes, um vasto espaço de desentendimento possível na medida em que a comunicação entre algumas dessas redes é dificultada pela incomunicabilidade *a priori* entre suas especificidades. Daí a necessidade de adesão à hermenêutica diatópica de modo a criar condições para o desencadeamento de processos de tradução mútua entre os valores/saberes/fazeres/emoções/intuições do "outro", daquele cujas subjetividades foram formadas a partir e através de outras redes de inserções nos diversos espaços-tempos estruturais (SANTOS, 2000, p. 273 ss).

As redes de sujeitos e os espaços estruturais de inserção social

Na apresentação do seu *mapa de estrutura-acção* da sociedade Boaventura busca estabelecer parâmetros para se pensar um possível equilíbrio entre estrutura e ação voltado para uma dupla superação: de um lado, com o determinismo estruturalista, que negligencia o potencial de opções disponíveis dentro de um mesmo campo estrutural; de outro, com o espontaneísmo voluntarista, que negligencia o peso dos enraizamentos identitários ao formular propostas de ações irrealizáveis no contexto real[5]. A idéia é, segundo o próprio autor, substituir por um modelo mais complexo o dualismo Estado/sociedade civil. Ele identifica no seu modelo

> seis conjuntos estruturais de relações sociais dentro dos quais, nas sociedades capitalistas, se produzem seis formas de poder, de direito e de conhecimento de senso comum. Esses espaços estruturais são ortotopias, no sentido em que

---

[5] Num inspirado texto – *A queda do Angelus Novus. Revista Crítica de Ciências Sociais*, n. 45. Coimbra: CES, maio 1996, p. 5-34 – Boaventura discute, a partir de um debate com Benjamin, essa questão, apontando as possibilidades de equacionamento da relação entre raízes e opções e tece uma argumentação sobre o que poderiam, nesse contexto, ser as "subjetividades barrocas".

constituem os lugares centrais da produção e reprodução de trocas desiguais nas sociedades capitalistas. Mas também são susceptíveis de ser convertidos, através da prática social transformativa, em heterotopias, ou seja, lugares centrais de relações emancipatórias. (p. 271)

Para o interesse deste capítulo, o mapa vai contribuir para a compreensão das diferentes formas e instâncias da inserção social que participam da formação das *redes de sujeitos que cada um de nós é* (1995, p. 107), para, com isso, pensarmos a questão da educação e de sua intervenção sobre a formação das subjetividades individuais e coletivas, buscando torná-las mais aptas a lutar pela emancipação social e pela democracia.

O mapa de estrutura-acção das sociedades capitalistas no sistema mundial apresentado por Boaventura está baseado na tese principal de que

> as sociedades capitalistas são formações ou constelações *políticas*, constituídas por seis modos básicos de produção de poder que se articulam de maneiras específicas. Esses modos de produção geram seis formas básicas de poder que, embora inter-relacionadas, são estruturalmente autônomas. (p. 272)

No prosseguimento do texto, Boaventura esclarece que o mesmo se dá na dimensão do Direito, na qual constelações jurídicas constituídas por seis modos de produção do direito geram seis formas básicas de direito e na dimensão epistemológica, constituída por seis formas de produção de conhecimento que geram seis formas básicas de conhecimento. Afirma, ainda, que esta tese tem uma idéia que lhe subjaz, a de que

> a natureza política do poder [...] [é] um efeito da combinação entre diferentes formas de poder, e dos seus respectivos modos de produção. [...] a natureza jurídica da regulação social [...] [é] o efeito da combinação de diferentes formas do direito e dos seus respectivos modos de produção. [...] e que a natureza epistemológica das práticas de conhecimento [...] [é] o efeito global de uma

Mapa de estrutura-acção das sociedades capitalistas no sistema mundial

Dimensões/espaços estruturais	Unidade de prática social	Instituições	Dinâmica de desenvolvimento	Forma de poder	Forma de direito	Forma epistemológica
Espaço doméstico	Diferença sexual e geracional	Casamento, família e parentesco	Maximização da afectividade	Patriarcado	Direito doméstico	Familismo cultura familiar
Espaço da produção	Classe e natureza enquanto "natureza capitalista"	Fábrica e empresa	Maximização do lucro e maximização da degradação da natureza	Exploração e "natureza capitalista"	Direito da produção	Produtivismo, tecnologismo, formação profissional e cultura empresarial
Espaço de mercado	Cliente-consumidor	Mercado	Maximização da utilidade e maximização da mercadorização das necessidades	Fetichismo das mercadorias	Direito da troca	Consumismo e cultura de massas
Espaço da comunidade	Etnicidade, raça, nação, povo e religião	Comunidade, vizinhança, região, organizações populares de base, Igrejas	Maximização de identidade	Diferenciação desigual	Direito da comunidade	Conhecimento local, cultura da comunidade e tradição
Espaço da cidadania	Cidadania	Estado	Maximização da lealdade	Dominação	Direito territorial (estatal)	Nacionalismo educacional e cultural, cultura cívica
Espaço mundial	Estado-nação	Sistema inter-estatal, organismos e associações internacionais	Maximização da eficácia	Troca desigual	Direito sistémico	Ciência, progresso universalístico, cultura global

FONTE: Santos, 2000, p. 273.

combinação de diferentes formas epistemológicas e dos seus respectivos modos de produção.

Considerando esses seis espaços estruturais como *os conjuntos mais elementares e mais sedimentados de relações sociais nas sociedades capitalistas contemporâneas* (p. 272), e seus modos de ocorrência diferenciados no centro, na periferia e na semiperiferia do sistema mundial em função das diferenças de trajetória históricas dos diferentes países em direção à modernidade, Boaventura apresenta quatro principais orientações teóricas, que guiam a identificação e a caracterização dos diferentes espaços estruturais antes de desenvolver uma leitura desse mapa, na qual apresenta detalhadamente o conteúdo do quadro discutindo as formas de poder, de direito e de conhecimento que habitam cada um desses espaços para concluir que as sociedades capitalistas se caracterizam, não só pelas constelações de poder, direito e conhecimento já referidas mas também pela

> supressão ideológica hegemónica do carácter político de todas as formas de poder, exceptuando a dominação, do carácter jurídico de todas as formas do direito, exceptuando o direito estatal, e do carácter epistemológico de todas as formas de conhecimento, exceptuando a ciência. (p. 325)

Esse entendimento do autor de que todas as formas de poder possuem caráter político conduz à idéia de que a luta pela transformação das relações de poder em relações de autoridade partilhada situa-se não apenas no campo especificamente reconhecido como político, mas também em todos os espaços-tempos estruturais, ou seja, em todas as dimensões da vida. Nessa perspectiva, a emancipação social deixa de ser uma busca restrita às relações sociais no espaço-tempo da cidadania para ser pensada e tecida em todas as dimensões da vida social. No mesmo sentido, a questão da democracia deixa de estar restrita ao embate político em torno do Estado e do controle da atividade estatal para se dirigir ao conjunto das relações sociais no espaço doméstico, da comunidade, do mercado, da produção e mesmo mundial. A horizontalização do conjunto das relações sociais e a sua refundação em processos equalizados de interação, e não mais nas hierarquias apriorísticas seriam processos privilegiados de construção dessa democracia.

Entre os processos de horizontalização de relações entre diferentes estaria incluída a discussão a respeito das formas de conhecimento existentes no mundo e do diálogo entre elas – como já dito na apresentação do projeto educativo emancipatório. A luta política emancipatória pela transformação das atuais relações entre as formas de conhecimento, que privilegiam a ciência moderna desqualificando outros modos de conhecer, precisa assumir como fundamento "o caráter epistemológico de todas as formas de conhecimento" e lutar pelo reconhecimento de que

> o perfil epistemológico das relações sociais não é fornecido por uma forma epistemológica específica, nomeadamente a forma epistemológica do espaço mundial (a ciência), mas sim pelas diversas constelações de conhecimentos que as pessoas e os grupos produzem e utilizam em campos sociais concretos. (p. 326)

Além da contribuição que traz para a compreensão estrutural das sociedades capitalistas e para a superação *da* dicotomia absolutizada entre estrutura e ação, trazendo maleabilidade às estruturas ao mesmo tempo que limita as concepções das ações possíveis ao que as estruturas nas quais estas se inscrevem permitem incluir – superando o idealismo ilusório que imagina ações tão fulgurantes quanto impossíveis de levar a termo – esse mapa define um campo para a reflexão em torno dos múltiplos pertencimentos e das múltiplas dimensões da vida que interferem na constituição de nossas identidades e, portanto, nos processos educativos sobre os quais podem intervir de modo a contribuir para a formação das subjetividades inconformistas e democráticas. Se considerarmos que a nossa rede de subjetividades se tece a partir dos nossos modos de inserção em cada um desses espaços estruturais, dos "lugares" que ocupamos em cada forma de poder e dos modos como tecemos nossas crenças, nossos valores e nossos saberes no seio dessas diferentes inserções, podemos conceber como uma função dos processos educativos contribuir para a desnaturalização das predominâncias já identificadas buscando a criação de novos sensos comuns políticos, jurídicos e epistemológicos, fundados em relações mais equilibradas e menos hierarquizadas entre as diferentes formas de integração nas diferentes dimensões da vida social.

A subjetividade democrática é, portanto, uma subjetividade que se tece interativamente em processos de troca que devemos lutar para que se tornem sempre mais horizontalizados. Esse objetivo integra a lógica da proposta de criação de conflitos que está no projeto educativo emancipatório. Sem fazer parte dos princípios desse projeto, a idéia de que a eficácia desse processo de questionamento e horizontalização subjaz ao projeto indica o exercício coletivo da vigilância permanente do que fazemos, dizemos e pensamos como mais um de seus elementos. A necessidade do coletivo é aqui colocada em função da idéia de que pensamos e agimos melhor, mais de acordo com o que temos como projeto de emancipação se, além de nos confrontarmos conosco na busca de ações mais democráticas, podermos ser confrontados e alertados pelos demais sobre os desvios e as incoerências do nosso comportamento. Além disso, se entendemos a democracia como um sistema no qual as relações sociais se fundam em relações de autoridade partilhada, é preciso que desenvolvamos práticas adequadas, ou seja, que pratiquemos, tanto quanto possível, relações desse tipo.

A consciência que temos da parcialidade e da complexidade inerentes à nossa subjetividade nos deve levar a buscar, sempre, interagir com outras subjetividades e com o mundo, partindo da premissa de que a condição necessária e imprescindível para a democracia é a pluralidade de parcialidades e o investimento na sua manutenção. O meio, portanto, de se ampliar a democracia é o do permanente exercício da tradução mútua, fundamentado, este último, no reconhecimento das parcialidades e no investimento em sua manutenção e nas possibilidades de horizontalidade no relacionamento entre todas. Isso não significa adotar uma perspectiva de indiferenciação entre subjetividades mais e menos democráticas. Apenas significa que a luta pela superação do pensamento, da ação e das subjetividades não-democráticas não pode se pautar na perspectiva da competição entre opostos. Assim – e de acordo com as teses de Boaventura sobre a democracia explicitadas abaixo – pensar as possibilidades de emancipação social democrática, originada em práticas sociais democráticas, fundamentadas estas últimas em saberes/experiências/convicções também democráticos e desenvolvidas de modo potencialmente "melhor" por subjetividades mais democráticas, requer o desenvolvimento de uma reflexão em torno dos processos de tessitura das redes de subjetividades que somos e dos modos como se pode conceber a formação das subjetividades democráticas como condição e contributo para a construção da democracia social e o possível papel a ser desempenhado pelos processos educativos desenvolvidos em todos esses espaços-tempos. Sem pretender dar conta dessa imensa tarefa, trago algumas reflexões que ajudam a pensá-la.

Redes de subjetividades democráticas tecendo a democracia

As idéias até aqui desenvolvidas a partir do pensamento de Boaventura visam contribuir com a formulação de uma concepção de sociedade democrática usando a já referida proposta que vem sendo desenvolvida pelo autor (SANTOS, 2003a). Esta pressupõe a necessidade do pensamento sobre a democracia comportar um conjunto de idéias que devem ser desenvolvidas no sentido de dar ao conceito uma dimensão mais efetiva e completa, tornando-o mais claro e, por aí, mais operacional. É essa a discussão que se segue, centrada nas teses sobre a democracia que o autor vem desenvolvendo e que incluem uma tese que aponta a necessidade de democratização das nossas próprias subjetividades (tese 14), já discutida.

Trabalho com a hipótese de que existe uma indissociabilidade entre esta tese 14, a tese 9 – não há democracia sem condições de democracia – que nos remete à necessidade de democratização das relações sociais em todos os espaços estruturais, e a tese 13 – a democracia das práticas sociais não é suficiente se o conhecimento que as orienta não é democrático. Acredito, também, que essa idéia nos leva de volta não só ao debate proposto pelo projeto educativo emancipatório, mas à responsabilidade da educação com a formação das subjetividades democráticas, pela democratização dos saberes e das práticas sociais desenvolvidos em todos os espaços sociais. Ou seja, do ponto de vista da construção da sociedade democrática, a separação entre as três teses referidas só faz sentido didaticamente e não deve levar ao entendimento desses processos como independentes.

Entendo, portanto, que estamos no interior de uma complexa rede, e a possibilidade de pensá-la como uma espiral ascendente depende de uma ação e de uma reflexão que não leve a destecer a rede através de processos fragmentados de análise, sob pena de, ao separar-lhe os fios, nos tornarmos incapazes de compreendê-la enquanto rede. Ou seja, só a democracia entendida enquanto sistema social envolvendo todas os espaços de inserção constitutivos da formação de nossas "redes de subjetividades", com o conjunto de saberes e de práticas reais que tecemos e que nos tecem, nos serve para pensar a emancipação social democratizante.

Mais especificamente, percebemos, portanto, que a tese 9, que fala das "Condições para a democracia", situa-se na necessidade de torná-la princípio regulador das relações sociais em todos os espaços estruturais de inserção social (doméstico, da produção, do mercado, da comunidade, da cidadania e mundial), como modo de superação da sua insuficiência, se ela for pensada apenas como forma de gestão do Estado e da banalização do uso do termo a partir desse entendimento parcial. Nesse sentido, o reconhecimento de um maior ou menor grau de democracia em uma sociedade exige a busca de indicativos de democraticidade em todas as esferas da vida social. A convicção de partida é que a democracia não é apenas um regime político, mas sobretudo um sistema social que penetra no cotidiano das relações sociais vividas em todos os espaços da sociedade. A idéia da democracia de alta intensidade, de uma democracia estendida ao conjunto das relações sociais em todos os espaços estruturais torna-se fundamental para a superação da concepção restrita de democracia e da sua substituição pela idéia da democracia social. As possibilidades de chegar a essas condições dependem da democratização do conjunto de práticas sociais, vinculadas e orientadas por saberes mais democráticos e democratizados, tal como preconizado no projeto educativo emancipatório. Por outro lado e complementarmente, o desenvolvimento dessa democracia de práticas e conhecimentos só pode ser feito por sujeitos sociais reais cujas redes de subjetividades estiverem, elas também, democratizadas aptas portanto, a criar e desenvolver modos democráticos de inserção e interação em todos os espaços estruturais.

A discussão a respeito da indissociabilidade entre essas três teses sobre a democracia pressupõe que as condições necessárias à democracia são, ao mesmo tempo, políticas e epistemológicas. Redefinir o conceito de democracia, ampliando-o ao conjunto da vida social, permite redefinir, politicamente, as ações sociais que podem favorecer a sua construção enquanto sistema social fundado em ações democráticas em todas as esferas da vida social. Assim sendo, essas ações, desenvolvidas por subjetividades democráticas, supõem que estas últimas sejam tecidas através de processos reais de aprendizagem, formais e cotidianos, de saberes e valores democráticos.

Processos de aprendizagem e a tessitura da emancipação social

Se a democratização das práticas sociais requer a democratização dos saberes e é condição para a democratização das subjetividades, será preciso, então, pensar os possíveis modos de intervenção sobre os processos de aprendizagem com os quais convivemos e aos quais estamos submetidos, o que exige a compreensão ampliada de como eles se dão dentro e fora da escola.

É preciso deixar claro que a democratização dos saberes não é apenas a democratização do acesso a determinados saberes sistematizados e estruturados numa ordem reconhecida, que podem funcionar como auxiliares tanto na compreensão da realidade social como na melhoria da respeitabilidade social, em função do valor que é socialmente atribuído a esses saberes, mas também, e sobretudo, a democratização das relações entre os diversos saberes numa perspectiva de revalorização social dos saberes chamados "não-formais", "cotidianos" ou do "senso-comum" que integram nossas competências de ação social e que podem nos permitir pensar processos de tessitura do conhecimento-emancipação, ligado à idéia de solidariedade e a formas de relacionamento social fundadas não na ordem e na hierarquia, mas em possibilidades de criação de uma "ordem" social auto-organizada, a partir de processos de negociação mediados por relações de autoridade partilhada.

Os limites que reconhecemos em nossas subjetividades, menos democráticas do que gostaríamos que fossem em termos de competência para a ação democrática, se relacionam à dificuldade de nos libertarmos de alguns dos processos formadores das redes de subjetividades que somos. Os processos de aprendizagem social, através dos quais internalizamos valores e práticas pouco democráticos, não são sempre claros e explícitos e, ao longo de nossas vidas, tecemos nossas redes de subjetividades em função desses processos, na maior parte das vezes, de modo não consciente.

Precisamos avançar no sentido da criação de modos de ruptura crescente com esses valores insuficientemente democráticos na formação e nas práticas das nossas subjetividades. A indissociabilidade entre saberes e práticas reside, portanto, no fato de que, nos processos reais de aprendizagem, as práticas com as quais convivemos nos levam à constituição de saberes, tanto quanto o contato com os saberes que consideramos formais e a influência deles sobre as práticas que desenvolvemos.

Duas suposições podem aqui ser colocadas. A primeira é que incorporamos os valores dominantes através das práticas sociais com as quais convivemos e dos "saberes" que nos chegam através de experiências da vida cotidiana ou de processos formais de aprendizagem, sob a tutela da sociedade de dominação em que vivemos. A segunda repousa sobre a idéia de que agimos em função das possibilidades que essas aprendizagens nos proporcionam na medida em que formam nossas subjetividades. Se as suposições são válidas, é válido também vislumbrar a possibilidade de criar formas de desenvolvimento desse mesmo tipo de processo no sentido da democratização pela ampliação da divulgação cotidiana, permanente e sistemática (formal) de valores democráticos que são compartilhados por tantos de nós. No que se refere às aprendizagens situadas no campo do formal e do explícito, será preciso que a luta se desenvolva em termos da discussão dos fundamentos e do valor que pode ser atribuído a esses saberes na perspectiva da indissociabilidade entre seus aspectos formais e suas possibilidades emancipatórias.

Pensar, portanto, a formação de subjetividades que, mais democráticas e fundadas em saberes mais democráticos, podem desenvolver ações sociais mais democráticas, requer compreender o enredamento de cada ação com a realidade mais ou menos democrática dos diversos espaços-tempos nos quais ela se inscreve, de modo a interpretá-las não com relação a um ideal de ação pensado fora desse e de qualquer contexto. Nesse sentido, será necessário compreender e valorizar as reflexões e as ações daqueles que, estando envolvidos na circunstância, pensam suas possibilidades de ação em diálogo com os limites e as possibilidades específicos dessa ação sobre essa realidade. Ou seja, são as reflexões e as decisões possíveis aos sujeitos/agentes em cada circunstância real, que viabilizam uma ação pontual específica, e não outra no processo de tessitura da democracia.

Um cuidado se impõe aqui. As especificidades da ação e da reflexão que podem capacitar ações mais "competentes" na proposição e na prática da subversão democrática não devem/podem negligenciar a indissociabilidade/complementariedade entre os diversos campos da luta/ação cotidiana em prol da democracia. A possível conseqüência indesejável de uma especificação excessiva é a da priorização da especificidade em detrimento do Projeto (utópico) de emancipação/democratização. Recuperando a questão da multiplicidade de redes possíveis na combinação dos processos de inserção social, o risco que se corre é sair da busca do diálogo entre os diferentes para a competição e o não-reconhecimento do "outro", como, aliás, tem sido a tônica da maior parte das realidades sociais.

Por outro lado, os exemplos de processos sociais que vêm contribuindo para o desenvolvimento formal e real dessa idéia de democracia social também são muitos, embora ainda incipientes na sua interferência sobre as realidades insuficientemente democráticas ainda dominantes. Assistimos, hoje, ao crescimento de iniciativas que buscam redefinir saberes, valores e práticas em todos os espaços estruturais nos quais nos inserimos. Movimentos que combatem as especificidades do sistema social de dominação nos diferentes espaços-tempos estruturais e buscam criar e tornar visíveis alternativas ao modelo dominante. São movimentos de mulheres, de defesa dos seus direitos e da equalização das relações homem-mulher; movimentos de criação e implantação de novos modos de produção não-capitalista e fundamentados em perspectivas outras que não a da exploração; novas perspectivas de consumo, fundamentadas em necessidades mais reais e menos fetichizadas que a ideologia do consumismo vem consagrando; novas formas de integração social no seio de comunidades que buscam negociar com suas diferenças internas, entendendo a diversidade como um potencial e não como um problema; a criação de formas mais democráticas na interação entre o Estado e os cidadãos, ampliando a participação social na gestão da "coisa pública"; e, finalmente, a busca de inúmeras organizações transnacionais por uma redefinição das relações entre os Estados e os povos no contexto mundial.

Todos esses movimentos, mesmo que de modo diferenciado e com processos distintos de desenvolvimento, incluem lutas pela democratização normativa no campo jurídico, da democratização epistemológica no campo dos conhecimentos e, no campo político, da transformação das relações de poder em relações de autoridade partilhada, conforme preconiza o autor. Complementarmente, tudo isso é melhor desenvolvido quanto mais inconformistas com o que está errado e democráticas no estabelecimento de ações e convicções forem as subjetividades em interação nos diferentes espaços estruturais.

Finalmente, podemos dizer que, diante do fato de estarmos perante uma espiral interminável, pois a democracia pressupõe a negociação permanente entre os diferentes e as diferenças, podemos entender que o projeto de uma sociedade democrática é um projeto sem fim de democratização/socialização dos meios de produção, formação, ação e decisão no interior dos seis espaços estruturais nos quais vivemos todos. A idéia de Boaventura (1995) de que o socialismo é a democracia sem fim pode ser entendida, portanto, como a utopia possível de uma sociedade socialista, sempre em processo de intensificação da democracia.

Sobre Boaventura de Sousa Santos

Cronologia

15/11/1940 – Nasce em Coimbra – Portugal.

1963 – Licencia-se em Direito na Universidade de Coimbra.

1963 – Torna-se Professor de Direito Criminal na Universidade de Coimbra, onde leciona até 1968. Publica nesse período várias obras: uma compilação comentada de *Leis da família* (1963), uma investigação sobre *O conflito de deveres em direito criminal* (1965) e outra ainda sobre *Crimes cometidos em estado de embriaguez* (1968), além de artigos sobre a interrupção da gravidez ou a pena de morte.

1963-1964 – Faz pós-graduação em Filosofia na Universidade Livre de Berlim

1964 – Publica a obra poética *Antologia da poesia universitária* com o nome mais curto de Boaventura de Sousa.

1969 – Ainda professor assistente em Coimbra, muda-se para os EUA e ingressa como estudante de mestrado na Universidade de Yale.

1970 – Torna-se mestre em Sociologia do Direito na Universidade de Yale.

1973 – Torna-se doutor em Sociologia na Universidade de Yale, com uma tese sobre o Direito alternativo, assente numa investigação original sobre as relações jurídicas informais de uma favela do Rio de Janeiro (Jacarezinho, 1970). A essa favela, onde viveu vários meses, chamou na tese de

Passárgada, em referência à sociedade imaginada pelo poeta brasileiro Manuel Bandeira. Em Portugal, esse doutoramento foi reconhecido pela Faculdade de Economia.

1974 – Na recém-formada Faculdade de Economia, passa a coordenar o Núcleo de Ciências Sociais e torna-se um dos pioneiros da introdução da Sociologia como disciplina acadêmica em Portugal.

1977 – Funda e dirige desde então no âmbito do Centro de Estudos Sociais da Faculdade de Economia da Universidade de Coimbra, a *Revista Crítica de Ciências Sociais*, publicação acadêmica onde tem escrito muitos dos seus ensaios mais importantes.

1978 – Torna-se diretor do Centro de Estudos Sociais da Universidade de Coimbra e do Centro de Documentação 25 de Abril, dessa instituição.

1988 – Promove a criação de uma licenciatura autônoma em Sociologia na Universidade de Coimbra.

1990 – Torna-se professor visitante na Universidade do Wiscosin (Madison), na qual atua até hoje.

1994 – Recebe o Prêmio de Ensaio Pen Club Português.

1995 – Publica, nos EUA, o livro *Toward a New Common Sense: Law, Science and Politics in the Paradigmatic Transition*. A ampliação de parte dessa obra, o primeiro de quatro volumes aos quais ela deve dar origem é publicado no Brasil em 2000, *A crítica da razão indolente: contra o desperdício da experiência* (Cortez Editora).

1996-2001 – Coordena o Projeto de Pesquisa *A sociedade portuguesa perante os desafios da globalização: modernização econômica, social e cultural*, que deu origem a uma coleção de oito livros publicados pela Afrontamento Edições (Porto, Portugal), dos quais o primeiro volume foi publicado no Brasil pela Cortez Editora.

1996 – Recebe o Prêmio Gulbenkian de Ciência pelo projeto de pesquisa *Os tribunais nas sociedades contemporâneas: o caso português*.

1997 – Recebe o Prêmio Bordalo da Imprensa (Ciências).

1999-2001 – Coordena o projeto de pesquisa *A reinvenção da emancipação social* do qual resultaram sete volumes, cinco já publicados no Brasil pela Editora Record.

2001 – Recebe no Brasil o prêmio Jabuti (Área de Ciências Humanas e Educação).

2001-2006 – Atua como conferencista nas edições de Porto Alegre do Fórum Social Mundial.

Obras mais releventes em língua portuguesa

A obra de Boaventura Santos inclui publicações em português do Direito, além de outras em inglês que não aparecem nessa listagem que não se pretende exaustiva nem mesmo completíssima. O objetivo aqui é trazer, além da bibliografia utilizada para a escrita deste livro, algumas obras que não aparecem nele por motivos diversos, mas que fazem parte do campo de interesse dos possíveis leitores. A incompatibilidade entre o que se pretendia com o livro e o uso exaustivo de tão extensa e diversificada produção levou-me a fazer escolhas. Em primeiro lugar, os textos publicados em locais e datas diferentes estão aqui em sua versão mais acessível ao público leitor brasileiro. Em segundo lugar, dos textos com múltiplas versões, escolhi trazer mais de uma quando estão ora em artigo de revista, ora em livro. Nos casos de artigos publicados em revistas diferentes, optei pela versão mais próxima – física e/ou cronologicamente. Consciente das limitações dos critérios adotados, e, portanto, da lista, conto com a compreensão dos leitores para com os limites da autora. Em ordem cronológica, segue a lista de obras.

SANTOS, Boaventura de Sousa. *Um discurso sobre as ciências*. Porto: Afrontamento, 1985.

_____. *Introdução a uma ciência pós-moderna*. Porto: Afrontamento, 1989.

_____. Entre Dom Quixote e Sancho Pança. *Revista Crítica de Ciências Sociais*, n. 37, "Sociologia do Quotidiano". Coimbra: CES, jun. 1993a. p. 5-10.

_____. O social e o político na transição pós-moderna. *Lua Nova: revista de cultura e política*, n. 31. CEDEC: _____, 1993b. p. 181-207.

_____. *Pela mão de Alice*: o social e o político na pós-modernidade. São Paulo: Cortez, 1995.

_____. Para uma pedagogia do conflito In: SILVA, Luiz Heron, AZEVEDO, José Clóvis de SANTOS, Edmilson Santos dos. *Novos mapas culturais, novas perspectivas educacionais*. Porto Alegre: Sulina, 1996a. p. 15-33.

_____. A queda do Angelus Novus. *Revista Crítica de Ciências Sociais*, n. 45. Coimbra: CES, maio 1996b. p. 5-34.

_____. *Reinventar a democracia*. Lisboa: Gradiva, 1997. Como artigo, uma versão desse texto foi publicada no Brasil. SANTOS, B.S. Reinventar a democracia: entre o pré-contratualismo e o pós-contratualismo. In: HELLER, A. *et al. A crise dos paradigmas em ciências sociais e os desafios para o século XXI*. Rio de Janeiro: Contraponto/CORECON-RJ, 1999. p. 33-76.

_____. *A construção multicultural da igualdade e da diferença*. Oficina do CES n. 135, Centro de Estudos Sociais, Coimbra, jan. 1999.

_____. *A crítica da razão indolente*. Contra o desperdício da experiência. São Paulo: Cortez, 2000.

_____. Globalização, multiculturalismo e conhecimento. Entrevista publicada na *Revista Educação e Realidade*, v. 26, n. 1, FACED/UFRGS, Porto Alegre, jan./jul. 2001a. p. 13-32.

_____. Os Processos da globalização. In: SANTOS, B.S. (Org.) *Globalização: fatalidade ou utopia?* Porto: Afrontamento, 2001b. p. 31-106. Livro republicado no Brasil como *A globalização e as ciências sociais*. São Paulo: Cortez, 2002.

_____. O fim das descobertas imperiais. In: OLIVEIRA, Inês B.; SGARBI, Paulo (Orgs.) *Redes culturais, diversidade e educação*. Rio de Janeiro: DP&A, 2002a. p. 19-36.

_____. Entre Próspero e Caliban: colonialismo, pós-colonialismo e inter-identidade. In: RAMALHO, M. I.; RIBEIRO, A. S. (Orgs.)

Entre ser e estar: raízes, percursos e discursos de identidade. Porto: Afrontamento, 2002b. p. 23-86.

_____. Democracia e participação: o caso do orçamento participativo de Porto Alegre. In: _____. *Democratizar a democracia*: os caminhos da democracia participativa. Rio de Janeiro: Record, 2003a. p. 455-559. Também publicado em Portugal como livro. Porto: Afrontamento, 2002.

_____; Azvriter, L. Introdução: para ampliar o cânone democrático. In: _____. *Democratizar a democracia*: os caminhos da democracia participativa. Rio de Janeiro: Record, 2003a. p. 39-82.

_____. Entrevista publicada na *Revista Teias* da Faculdade de Educação da UERJ, v.1, n. 6, UERJ: Rio de Janeiro, 2003b. p. 89-96.

_____. Por uma concepção multicultural de direitos humanos In: _____. (Org.) *Reconhecer para Libertar*: os caminhos do cosmopolitismo multicultural. Rio de Janeiro: Civilização Brasileira, 2003c, p. 427-462. A versão de 1997 citada no texto foi publicada na Revista Crítica de Ciências Sociais, n. 48, jun 1997, p. 11-32.

_____. Por uma sociologia das ausências e uma sociologia das emergências. In: _____. (Org.) *Conhecimento prudente para uma vida decente*. São Paulo: Cortez 2004a. p. 777-823.

_____. *A universidade no século XXI*: para uma reforma democrática e emancipatória na Universidade. São Paulo: Cortez, 2004b.

_____, NUNES, J.A; MENEZES, M. P. In: SANTOS, B. S. Para ampliar o cânone da ciência: a diversidade epistemológica do mundo. In: _____. (Org.) *Semear outras soluções*: os caminhos da biodiversidade e dos conhecimentos rivais. Rio de Janeiro: Civilização Brasileira, 2005. p. 21-122.

_____. A Gramática do tempo. São Paulo: Cortez, 2006.

SITES DE INTERESSE

O nome Boaventura de Sousa Santos, quando digitado no site de busca www.google.com, aparece com o incrível "número aproximado" de 368.000 referências. Outros sites de busca que podem ser consultados são: http//br.altavista.com e http//br.yahoo.com

Entre as respostas que encontrei, a maior parte traz entrevistas, conferências e artigos de Boaventura Santos nos mais diversos eventos e em países também diferentes. Alguns sites trazem informações biográficas, como o do Instituto Português de Livro e Bibliotecas (www.iplb.pt) e o www.researchcafe.net . As informações da seção cronologia foram, em grande parte, extraídas desses sites.

O principal site com informações sobre Boaventura Santos é o do Centro de Estudos Sociais da Universidade de Coimbra (www.ces.uc.pt), e um dos seus sites secundários, www.ces.uc.pt/emancipa, traz detalhes sobre o importante e já referido projeto de pesquisa coordenado por Boaventura (ver Cronologia acima).

O site www.dhnet.org.br, um banco de dados sobre direitos e desejos humanos traz informações e textos úteis.

No site do Sindicato de Sociólogos do Estado de São Paulo (www.sociologos.org.br) há também informações e textos de interesse.

O site www.voltairenet.org, pertencente ao chamado "Réseau de presse non-aligné" apresenta 32 artigos de Boaventura Santos, todos em português.

As colunas mensais publicadas por Boaventura Santos na Carta Maior podem ser encontradas no site www.agenciacartamaior.uol.com.br.

No site do MEC (www.mec.gov.br) podem ser encontradas opiniões e contribuições de Boaventura Santos ao projeto de reforma universitária do Brasil.

A AUTORA

Inês Barbosa de Oliveira é professora da Faculdade de Educação e do Programa de Pós-graduação em Educação da UERJ, no qual atua na linha de pesquisa *Cotidiano e cultura escolar*.

Graduada em pedagogia e professora de 1ª à 4ª série do Colégio Pedro II durante onze anos, vem pesquisando, desde o período do mestrado em educação, feito no IESAE da Fundação Getúlio Vargas do Rio de Janeiro nos anos 80, a questão da democracia e da democratização da escola e da sociedade. Sua dissertação de mestrado já versava sobre este tema bem como a tese de doutorado, desenvolvida na Universidade de Ciências Humanas de Strasbourg (França), defendida em 1993 sob o título *Por uma pedagogia da transformação social*.

Em 2002 fez seu pós-doutorado na Universidade de Coimbra sob orientação do Professor Boaventura de Sousa Santos. Utilizando muitos elementos do pensamento deste, produziu, neste período, o livro que veio a ser publicado em 2003 sob o título *Currículos praticados: entre a regulação e a emancipação*.

Há alguns anos vem pesquisando as novas epistemologias e os estudos do cotidiano, sua importância para o campo do currículo e destes para o pensamento sobre a emancipação social. Nesses estudos, vem dando forte ênfase ao uso de imagens na pesquisa em educação – tema de algumas de suas publicações mais recentes – e, em conjunto com outros grupos de pesquisa, integra o Laboratório

"Educação e Imagem" da UERJ (http://www.lab-eduimagem.pro.br/).

Coordena o grupo de pesquisa *Redes de conhecimentos e práticas emancipatórias no cotidiano escolar* no qual vem estudando questões epistemológico-políticas relacionadas à emancipação social, aos estudos do cotidiano e às práticas curriculares. As discussões e resultados dos estudos que vem realizando nos campos referidos vêm dando origem a artigos em periódicos nacionais e internacionais, organização de obras coletivas e capítulos de livros.

É membro do GT Currículo da ANPEd, do qual foi coordenadora no biênio 2004-2005.